飞行历险系列

CHAOJIA DAWANG DE MAOXIAN

吵架大王的冒险

[意] 圭多 · 孔蒂　著 / 绘
林凤仪　译

GUANGXI NORMAL UNIVERSITY PRESS
广西师范大学出版社
· 桂林 ·

出版统筹：施东毅
品牌总监：耿　磊
选题策划：陈显英　霍　芳
责任编辑：李茂军
助理编辑：霍　芳
美术编辑：卜翠红
营销编辑：杜文心　钟小文
版权联络：郭晓晨
责任技编：李春林

Original title: NILOU E LE AVVENTURE DEL GIOVANE HADI
Texts and Illustrations by Guido Conti

The Simplified Chinese edition is published in arrangement through Niu Niu Culture.
著作权合同登记号桂图登字：20-2017-062 号

图书在版编目（CIP）数据

吵架大王的冒险 /（意）圭多・孔蒂著、绘；林凤仪译．—桂林：广西师范大学出版社，2019.3
（飞行历险系列）
ISBN 978-7-5598-1657-3

Ⅰ．①吵… Ⅱ．①圭…②林… Ⅲ．①儿童小说—中篇小说—意大利—现代 Ⅳ．①I546.84

中国版本图书馆 CIP 数据核字（2019）第 041666 号

广西师范大学出版社出版发行
（广西桂林市五里店路 9 号　邮政编码：541004
网址：http://www.bbtpress.com）
出版人：张艺兵
全国新华书店经销
广西广大印务有限责任公司印刷
（桂林市临桂区秧塘工业园西城大道北侧广西师范大学出版社集团有限公司创意产业园内　邮政编码：541199）
开本：880 mm × 1 240 mm　1/32
印张：5　　　　字数：94 千字
2019 年 3 月第 1 版　　2019 年 3 月第 1 次印刷
印数：0 001~5 000 册　　定价：25.00 元

第一章

“我觉得这个地方棒极了！”尼洛说。

米安满意地四处望望：“我们就住在湖边吧！”两只鸟儿在树枝间跳来跳去。没错，就是这棵树了！他们将在这里筑起第一个爱的小窝。尼洛兴奋极了。米安呢？他高兴得一下子冲上了树冠，似乎在宣告：“这棵树是我们的啦！新家马上就要落成啦！”

雨季过后，草原变得绿油油的，各色花朵争奇斗艳，纷纷探出了头，清澈的河水奔流不息。

“终于选好筑巢的地方啦！”哈迪长出一口气，

他也在树枝上停了下来，“折腾了好几个礼拜，就为了找这么一棵树……之前，不是这棵的树冠太茂盛了，就是那棵的枝叶太稀疏了，眼前这棵嘛，哎哟，是不是位置有点太偏僻了呢……”

“你可别乱开玩笑！”尼洛赶紧拦住哈迪的话，“选址筑巢是最严肃不过的事情了，你心里应该很清楚呀。”

“我当然知道啦！选址筑巢的时候一到，就该我们雄燕雀大显身手啦！”

“我们的新家，即将在这里落成！”米安骄傲地宣布。

“等着瞧吧，哈迪。我们的坚持是值得的，总算找到了合适的地方！”

这趟“选址之旅”真是太不容易了。尼洛老是一脸不开心，总会有这样那样的小问题不能满足她的要求。事实上，是尼洛的心在指引她做出选择呢。这棵枝叶婆娑、花香浓郁的洋槐实在太美了，简直就是一个奇迹。

“等一下！”米安说。几分钟后，他带着一根粗壮的树枝飞回了树上，停在尼洛面前。“给你！现在，这里就像一个真正的家了！我们赶紧筑巢吧！”米安得意地说道。

尼洛跳了一步，离米安更近了些。他们真幸福呀，筑起鸟巢，意味着他们即将开始一段全新的探索。

哈迪站在高处望着两只鸟儿。“尼洛总是对的，她选了世界上最好的地方筑巢。”他叹了一口气，默默地想着。

第二章

几天来，米安和尼洛忙忙碌碌地来回奔波，衔着树枝搭建爱巢。哈迪站在洋槐树最高的枝头上遥望天边，唱着歌儿，顺便给两位朋友当监工，时不时指导一下他们的工作："放这儿，就放这儿，把树干放到这里！这样好极了！那里再来一根！"

"你就知道发号施令！上次给鬣狗搭陷阱的时候，你也是这副德行！"米安说道，他准备停在枝头喘口气。

"十个我加起来都没这一根树枝沉，我怎么帮你们啊？"

"那你守着我们的窝总行吧？"

"我这不是正干着这件事吗？"

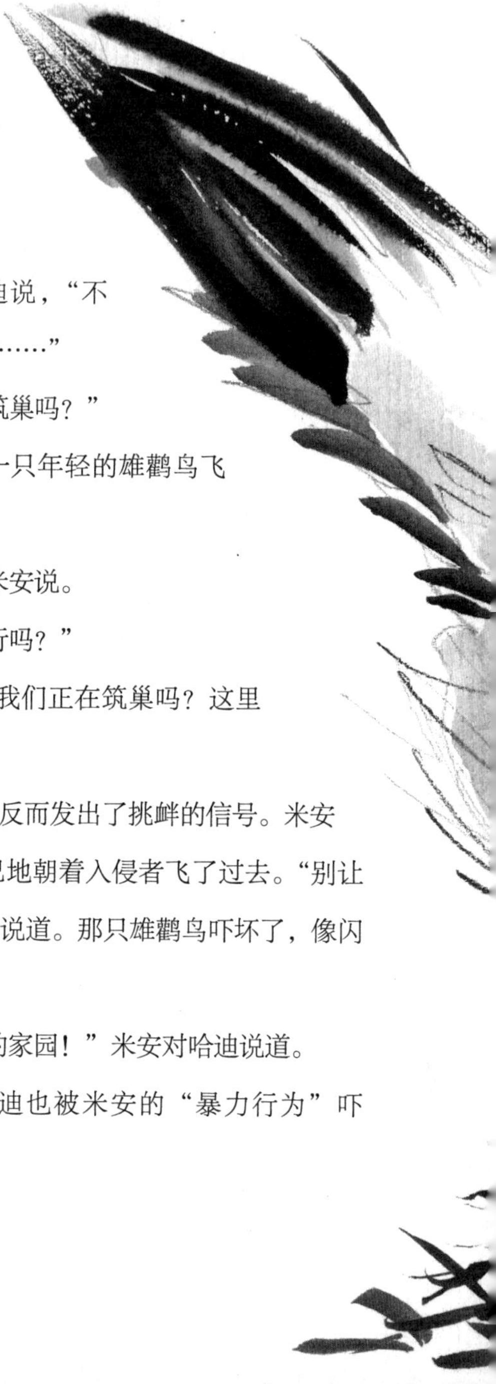

米安瞪着哈迪，嘴都气歪了。就在此时，尼洛费力地飞了过来，嘴里叼着一根粗粗的树枝。

“累死我了。”

“尼洛，你很努力！”哈迪说，“不过……这根树枝好像放错了地方……”

“你现在是要指导我们如何筑巢吗？”

正当鸟儿们聊天的时候，一只年轻的雄鹳鸟飞了过来，停在洋槐树上。

“喂，你！快离开这里！”米安说。

“我在这儿休息一会儿都不行吗？”

“这棵树是我们的，没瞧见我们正在筑巢吗？这里不欢迎入侵者！”

年轻的雄鹳鸟非但没离开，反而发出了挑衅的信号。米安傲慢地展开宽阔的双翼，凶巴巴地朝着入侵者飞了过去。“别让我再看到你！”他用威胁的口吻说道。那只雄鹳鸟吓坏了，像闪电般飞快地逃离了现场。

“你要知道该如何捍卫自己的家园！”米安对哈迪说道。

尼洛又担心，又害怕。哈迪也被米安的“暴力行为”吓呆了。

“你干吗这么看着我呀？”米安把脑袋转向哈迪，紧张地问道。

哈迪吃了一惊。“我想起我爸爸了！”他一边笑着回答，一边努力让自己放松下来。

“这和你爸爸有什么关系吗？”米安又问道，他在树枝上跳来跳去，随时准备发动新一轮的进攻。

“那个……我们燕雀是最喜欢和别人吵架的“吵架大王”。而我爸爸，大概是全世界上所有燕雀中最爱吵架的了。他还喜欢吹牛！身为一只燕雀，他可自豪了呢。一天到晚，什么正事儿也不干，只是扑棱着翅膀，扯着嗓子在松树上唱歌。而我妈妈只能默默忍受着他的坏脾气和任性。有一次，一只年轻的燕雀来到我家的松树上唱歌。对我来说，这一天简直就是世界末日！我爸爸朝入侵者冲了过去，他们斗得不可开交，从树上打到地面，在灰尘中滚来滚去。我爸爸把一切都置于危险当中：鸟巢、妈妈，还有他自己和入侵者。”

“可是你……你不会这样吧？”尼洛问道。

“我并不是特意想和别人争吵，但‘吵架’是燕雀的天性，所以我们燕雀常被叫作‘吵架大王’。不过，争强好胜有时只会带来灾难。”

“我会保护好尼洛和我们的家！”米安信誓旦旦地说道。

“保护鸟蛋、抚育幼雏，可不是一件容易的事情。”尼洛担忧地说。

“没错！”哈迪说道，“危险总是潜伏在身边。我有没有跟你们讲过我和我弟弟的事情？”

第三章

“那么，你和你弟弟发生了什么事呢？”米安问道。他安安静静地站在尼洛身边。忙活了这么久，两只鸟儿终于可以停下来休息一下了。

“咳咳……”哈迪要开始讲故事啦。

爸爸整天唱着歌儿，巡视着他的领地，根本不把筑巢的事儿放在心上。妈妈呢，则一直惦记着筑巢孵蛋，嘴里不停地朝爸爸嘟囔：“本来该由你来选址的，这是你们雄燕雀的任务呀！然后才轮到我们雌燕雀来筑巢。要是你不抓紧点儿，辛苦的就是我啦，得赶紧把咱们的小窝搭起来啊！你快选地方去，不能再磨磨蹭蹭的啦！”天气热了起来，花朵从小草间探出头来，大树也换

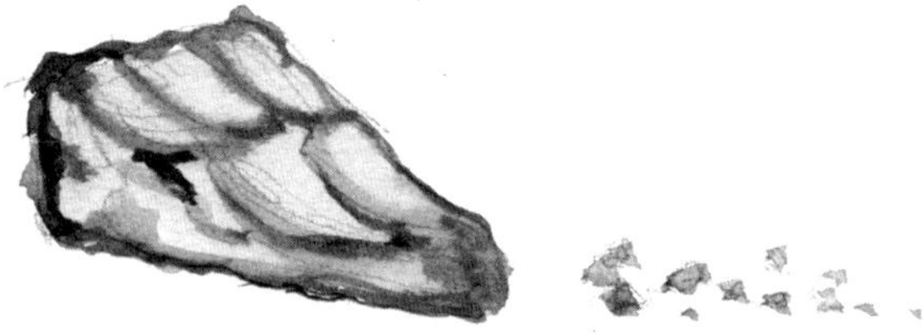

上了绿得晃眼的新叶子，犹如披上了节日的盛装。

终于，爸爸做出了选择——他决定去城里生活！

“城里的树哪有乡下的好啊？我还是喜欢生活在树林里，多么安静呀。”妈妈抱怨道。

“才不是呢，城里的生活要好得多得多！城里可比乡下要安全多了，既没有危险，也没有讨厌的入侵者。真的，亲爱的，我的选择永远是最棒的！城市贵族的生活，马上就要开始啦！”

总之，在无数次争吵过后，爸爸选中了一户人家的花园，里面的一棵松树可以作为优雅的家。

“可这个地方不行啊！只要蛋一孵出来，这家人养的猫就会爬到树上，把宝宝们抓走！”妈妈担心地说道。

爸爸一脸嘲讽地看着她。“就在这里筑巢。”他坚决地说，并放下了第一根树枝。妈妈伤心极了。可是她很快就收起了自己的难过，开始埋头干活——筑巢，这才是妈妈的任务。“或许，这个地方也没那么糟糕。”妈妈自言自语道，她站在最高的枝头俯瞰，“这棵松树这么高，应该能保护好我的家人。”

就这样，经过漫长的努力，妈妈产下了四枚小小的鸟蛋。

听着好朋友哈迪的故事，尼洛露出了笑容，她想：“在未来的某一天，我也会在这里产下鸟蛋呢！”

不幸的是，生活在那栋大房子里的玳瑁猫——德奥被爸爸的歌声所吸引，没事就往树上看……幸运的是，这棵松树实在太高了，让这只猫心生畏惧。所以，他只能小心翼翼地在树下转悠。不过，这个家伙倒会找事情做，他一会儿磨磨爪子，一会儿又在树干上蹭蹭后背。有一天，正当妈妈孵蛋的时候，爸爸带回了他在窗台上找到的两小片蛋糕。

妈妈感动极了，虽然爸爸整天游手好闲，只知道跟别人吵架，天底下简直找不出比他更不靠谱的燕雀，但他却拥有一颗柔软的心。爸爸是真的很爱妈妈呢。我想，我对蛋糕的偏爱，就是从这件事开始的吧。因为两天之后，我就破壳而出啦！哎呀呀，蛋糕真好吃啊！我觉得，那一定是苹果蛋糕上的小渣渣，美味极了！

“你很久都没吃到蛋糕了，对吗？”尼洛问。

“自从我们相遇后，我就再也没吃过。”哈迪回答道，“在非洲大平原的中心，想找到一小片蛋糕，真是比登天还难。唉，我只能闭上眼睛，在梦里过瘾喽！”

第四章

尼洛和米安一起笑了起来。他们两个休息了大半天，可还是没缓过劲儿来。小夫妻俩谁都不想再去找树干筑巢了。于是，他们一边欣赏着夕阳，一边听着哈迪的故事。微风拂过，三只鸟儿站在洋槐树上，狮子们在树荫下打着哈欠，大草原的夜晚即将降临。

“然后你弟弟就出生了，对吗？”尼洛问道。

没错。躲在妈妈的羽毛下，暖洋洋的，真舒服呀。那个时候只有我和弟弟，另外两个鸟蛋还是静悄悄的。妈妈生怕它们掉出鸟巢，时刻提防着德奥，那只猫没事儿就在树下闲逛，邪恶的眼神时不时就会飘向我们的家。

妈妈担心极了，不停地跟爸爸抱怨：“那只猫太讨厌了，搞得我心烦意乱。”

“他才没胆量爬到这么高的地方来呢！”

“可要是有一天他爬上来了，那该怎么办呀？”

爸爸没有回答。他在空中飞了一圈，做了一番侦察，然后回到妈妈身边。“你就相信我吧。”爸爸严肃地保证道，他还给妈妈带了些好吃的回来。

“我当然相信你。可我不相信那只猫呀！”

妈妈总是一副心事重重的样子，尤其是当我们渐渐长大后，为了填饱我们的肚皮，妈妈要和爸爸一起外出觅食，不得不把我们独自留在家里。他们飞得快极了，总是急匆匆地赶回家，还带回许多好吃的：种子呀，蠕虫呀，昆虫呀……爸爸妈妈一刻也不停，辛辛苦苦地来回奔波，只有晚上才能得到片刻的休息。可他们累并骄傲着。我们每一天都在长大，而鸟巢呢，也显得越来越拥挤了。我还记得，那时的我总喜欢望着天空，看白云追逐打闹，我暗下决心：“总有一天，我也要飞到天上，在云中穿梭！”“那时你就离我们太远啦！”妈妈提醒我，就好像她会读心术一样。

德奥，就是那只猫，依旧经常在松树下磨爪子，这已经成了他的习惯。他时不时环顾四周，眼中闪烁着狡猾的光芒。是的，他已经做好了准备，只是在等待一个恰当的时机。

一天早上，他跳上了松树！我和弟弟看着他一步步向上，长长的爪子深深地嵌进树皮里。我们开始大声呼唤爸爸妈妈，可是他们俩谁都没有出现。这一次，多亏了花园的女主人出手相救，我们才保住了小命。她趿拉着拖鞋，想要把德奥捉拿归案。“给我下来！你这个强盗！瞧瞧啊，我从超市买的炸肉饼、奶油冻、牛肉和鲜鱼都不能满足你！你根本就是个贪得无厌的混账！赶紧给我下来！”女主人挥舞着扫帚，大声喊道。

德奥停了下来，满脸惊恐地盯着那把扫帚——它在空中挥舞个不停，差一点儿就打到猫尾巴了！终于，他从树上跳了下去，像闪电般飞快地逃走了。

当我们把这件事情告诉妈妈时，她简直不敢相信自己的耳朵。我们大肆嘲笑德奥："那只猫被女主人赶下了树，灰溜溜地逃跑啦！吓得毛都竖起来啦！真是太有趣了！"可妈妈却笑不出来，她担心极了，一脸严肃地说道："我早就说过，这个地方实在是太危险了！"

德奥没再试着爬上松树，他仰着脸，围着树转了两三圈，磨了磨爪子，然后默默地走开了。不过，德奥并不是花园中唯一的威胁……

第五章

很快，尼洛和米安也会拥有一个属于自己的小窝，一个值得用生命去守护的家。他们听哈迪的故事时，别提有多认真了。

乌鸦和喜鹊在空中飞行，他们的存在也是一种威胁。老鹰在钟楼上筑巢，在树林间寻寻觅觅，哪怕是一点点生命的迹象都逃不过他锐利的眼睛。正当我和弟弟准备学习飞行的时候，忽然出现了一个黑色的影子，久久盘旋在屋顶上空，不肯离去。“哎呀，那是一只老鹰！希望他没瞧见我们！”弟弟说道。

“我也是这么想的！”我低声回答，一动都不敢动。我们紧紧地靠在一起，连嘴巴都不敢伸出去，生怕他大老远就看到我们那黄色的小嘴。“救命啊，妈妈！快来救我们啊，爸爸！”弟弟忍不住喊了一声。

“别出声！否则老鹰会发现我们的！千万别动！”可弟弟完全不顾我的提醒，恐惧驱使着他，他开始拍打翅膀。天啊！老鹰朝着鸟巢冲过来了！我害怕地闭上了眼睛，时间仿佛静止在了那一刻。我只感到一阵寒风吹过，转眼间，身边什么都没有了：老鹰抓走了弟弟。

就在这个令人心碎的时刻，爸爸妈妈回来了。老鹰的巨爪紧紧地攥着弟弟，飞远了。

妈妈尖叫起来。爸爸跟在老鹰身后，使出全身力气不停喊叫着，可是，他又能做些什么呢……他绝望地回到家里。我被吓得浑身瘫软，只有小小的心脏疯狂地跳动着，而爸爸妈妈的心中装满了痛苦。

第六章

“经历了这场惨剧后，我很快就学会了飞行。可我总觉得有‘坏人’跟在身后，不是想把我做成一盘燕雀肉丸，就是要把我捉回去，给他的孩子当早餐！我可不想成为猫头鹰或是金雕一家

子的盘中美味！”

尼洛望着哈迪，满脸的心绪不宁。

“我说错话了吗？”哈迪问道。

“我在想，要是我以后有了宝宝，绝不会让他们独自待在家里。等到他们开始学习飞行的时候，我就和米安来回换班，总要有人保护他们呀！”

“我会永远守护在你们身边！”米安庄重地说道，他站起身，张开宽大的翅膀，“我会保护咱们的宝宝，绝不让那些捕食者伤害他们一根毫毛！尼洛，你就放心吧！”

哈迪觉得自己简直就是个大傻瓜：“我怎么就没想到这茬呢？这个悲惨的故事会伤了尼洛的心呀！”“现在，让我给你们讲个搞笑的故事吧！”哈迪说道，他想活跃一下气氛。

当我第一次绕着松树飞行，再次回到同一根树枝上的时候……哎呀，那真是不得了的一天呀！那可不是简简单单地从一根树枝跳到另一根树枝上哦。我学会了飞行！那是自由的感觉，是无尽的喜悦！在爸爸妈妈的注视下，我在空中翩翩起舞。

在接下来的几天里，我开始独自探索花园。那个时候，我觉得这座花园大极了，在这里生活，总会有接连不断的冒险。有一天，我飞到了房子的一扇窗户附近。窗台上散落着几小块黄色的蛋糕屑，引得我的口水流个不停。“天知道这些蛋糕有多么美味！”我心想，“真想去尝尝呀！”环顾周围，四下无人。我站在窗边的树枝上侦察了一会儿，然后就飞到了窗台上，叼起一块蛋糕屑，迅速飞回了松树上。真是太好吃了，这蛋糕屑的味道棒极了！后来我才知道，那是苹果蛋糕。就这样，我来来回回飞了两三次。最后，馋嘴的我直接停在了窗台上，开始大吃特吃。我决定要把所有的蛋糕屑全都扫进肚子里！突然，德奥的大脸出现在玻璃窗后，差点儿把我吓死！幸运的是，我很快就意识到，除了在玻璃后面挥舞那只胖爪子，他根本不可能对我做些什么。不过为了保险起见，我还是很快飞回了鸟巢里。小心脏还扑腾扑腾跳个不停呢！

“亲爱的孩子，你已经会飞啦。我知道，你很享受这种感觉，自由自在，像风一样。”妈妈看到我返回家中，满意地说道，“我好开心，也十分为你骄傲。你已经长成一个帅小伙儿啦！”

我把恐惧隐藏在笑容背后。“对呀，我很喜欢飞翔呢！”我回答道，“我还会变得更加强壮！”尤其是在猫面前，我心想。

“要是妈妈知道我刚才经历了什么，非得唠叨个没完不可。你们瞧，这就是我在自家花园中的第一次冒险。虽然被吓得半死，可肚子里填满了美味的苹果蛋糕。”

第七章

尼洛担心极了，哈迪的故事在她心中引起了新的恐惧和忧愁。

“你就放宽心吧，什么事都不会发生的。”米安说道，“都跟你说过好多遍啦。我在这里就是为了保护你，以后有了宝宝，我也会保护他们的。”

接下来的几天，尼洛和米安继续筑巢。他们飞去河床，采回沾满了泥巴的荆棘，用这些“水泥”加固鸟巢。这不，马上就要完工啦。一天下午，哈迪忽然飞到了两位朋友面前。

“哎哟喂，出大事啦！尼洛、米安，快来！你们快过来呀！”

“发生什么事了？”米安一惊，嘴里的树枝掉了下来。尼洛展开翅膀，飞得比谁都快。

当他们飞回鸟巢时，发现洋槐树上站着一排黑压压的秃鹫——少说也有二十多只！

“喂，你们快离开这里！”

“你想干吗？”

“这是我们的家！”

所有的入侵者都笑了起来：“谁说的？”

“这是我们辛辛苦苦筑的巢！”尼洛说。

“然后呢？啧啧，这个位置真不错，附近好吃的可多啦。”一只秃鹫说道。他站在鸟巢里，丢了一根树枝出去，仿佛是想让鹳鸟们明白他的意思。

“现在这是我们的地盘了，明白吗？你们赶紧给我消失！”

尼洛没有说话。面对这些可怕的大鸟，米安又能做些什么呢？在动物们逐水草而迁徙的途中，这些家伙甚至会吃掉死去的角马！

“哼，丑八怪，你们肯定会为今天的事后悔的！”哈迪喊道。

“只要我扇动一下翅膀，你就被送到九霄云外了！”最老的一只秃鹫用充满威胁的口吻说道。哈迪赶紧溜走了，身后跟着心

碎的米安和尼洛。

“我们要另找一个地方重新筑巢了。”米安说。

“去哪里呢？”尼洛问。

“我不知道。”米安回答道，“我们要重新找一棵树，筑一个新巢。”

“我们费了那么大的力气，可我们的树却被那些家伙抢走了……”尼洛一边说着，一边掉下了眼泪。鸟儿们遥望着被霸占的家，心底蹿起一股火。“马上就要完工了！”尼洛说，“我们那么辛苦，费了那么多力气……”

“我们快到河边啦！”哈迪说道，“先吃点东西吧，也许他们明天就离开了呢，谁知道呢。”

第八章

那些秃鹫并没有离开。

尼洛和米安绕着那棵洋槐树飞了好几天，眼睁睁看着那些蠢笨的秃鹫一点点摧毁自己的爱巢。在这些食腐恶棍的强权下，所有幸福的美梦全都化为了泡影。

“你们这些臭烘烘的丑八怪！”哈迪喊道，他小心翼翼地保持着安全距离。“得痛骂这些强盗一顿。”他对米安和尼洛说道。

“赶紧找另一个地方筑巢才是正经事。”米安认真地说道。

“时间过得太快了……”尼洛沮丧地说。

但鸟儿们别无选择。于是，他们展开双翼，渐渐飞远了。三位朋友来到河边，停在一棵枯树上。

“我们的鸟巢……肯定不能按时完工了。”尼洛说，她马上就要哭出来了。

“不会的，等着瞧吧，我们肯定能找到一个更好的地方，筑一个最棒的巢！”米安说。

“我们白白辛苦了那么久，我可没有力气重新找一棵树了！”

“我知道，可我们必须从头开始！你千万不要放弃呀！”米安用嘴巴轻抚着妻子。

“在我寻找浆果的时候，看见那边有好多树，上面筑着许多

鹳鸟和苍鹭的巢。我们去那里看看吧。”哈迪说道，“或许他们能帮咱们一把呢。”

鸟儿们来到河流的拐弯处。这里河水清澈，水草丰茂，树上有许多鹳鸟巢。

“在城市里，人类将这些鹳鸟称为‘房屋产权共有人’！”哈迪说道。他观察得可仔细啦：好家伙，每棵树上都有十几个鸟巢呢！

“不好意思，请问还有地方可以留给我们吗？”米安问道。

“没有，一根空闲的树枝都没有了。你们快离开这里吧！”

“没错，大草原上的居民一直都是如此‘热情好客’！”哈迪说道。

米安看了看尼洛——她的脸色变得更加忧郁了。“连同类都不肯接受我们。”

“你们去找别的树吧！”雄鹳鸟们喊道。他们嚷嚷个不停。

三个小伙伴在距离小河几步远的地方停了下来，谁都不知道接下来该怎么办。他们望着一对对飞进飞出的鹳鸟，发现有些鹳鸟都已经开始孵蛋了呢……

哈迪转了一圈，回到米安和尼洛身边。“你们快过来，或许……我找到办法了！”

他们飞到一棵老树上，这里只有两个鸟巢，一个已经破烂不堪，另一个似乎被废弃很久了，因为这棵树一半都已经干枯了。

“也许，我们可以把其中一个鸟巢收拾一下。”哈迪说，“就不要浪费时间啦！我们和其他鹳鸟住得很近，这样就不会遭到那些坏家伙的袭击了。你们觉得呢？”

米安没说话。他甚至连看一眼尼洛的勇气都没有。

要在这棵带着两个破鸟巢的半枯老树上生活……究竟会是什么样子呢？尼洛实在想象不出来。可是米安的沉默让她感到很难过，看着沮丧的丈夫，尼洛决定说点什么让他开心起来。“我觉得很不错啊。”尼洛说，“你也是这么想的吧，米安？你会帮我一起整理鸟巢的，对吗？虽然这不是我们梦想中的家园，但也很不错啦。我们赶紧开工吧！”

“那么……你不会生我的气吗？”米安问道。

“面对一群凶巴巴的恶棍，你一个人又能做些什么呢？”

“你觉得这棵树能撑得住鸟巢的重量吗？”米安问道。他在听了尼洛的言语之后心里暗暗松了一口气。

“撑得住，你瞧，没问题！”尼洛一边说着，一边跳到了最高处的旧鸟巢里。

第九章

“你们这是白费功夫！要不了多久，那棵树就会倒的！”其他的鹳鸟大声笑着，挖苦着小两口儿。

尼洛和米安把这些风凉话抛到脑后，拿出百分之百的耐心，任劳任怨地搭建鸟巢。在他们两个看来，这是世界上最漂亮的“家”了。哈迪也为自己的好朋友感到骄傲。

其他的鹳鸟哄笑起来。

“你们的鸟巢会变得很漂亮的！”哈迪为自己的朋友抱不平，“辛辛苦苦筑的巢被别人抢走了，那些家伙还在一旁冷嘲热讽，连搭把手都不肯……真不公平！”哈迪都快气冒烟了。

很快，鸟巢收拾好了。期待已久的欢乐时刻终于到来了，米安和尼洛的脸上绽放出了笑容。这棵树虽然干枯，却也能撑得起这个大大的鸟巢。

不久，尼洛产下了第一窝鸟蛋。米安幸福地喟叹着。没错，最具挑战性的一段日子就要开始了——孵蛋！

孵蛋的日子漫长而无聊。太阳总是热辣辣地悬在头顶。

“哎呀，真是热死了！”尼洛说道，她趴在鸟巢里，一动也不动。

这个时候，米安本该飞去河里，好好享用一顿美餐。可他却留在妻子身边，张开翅膀，为他的尼洛遮挡阳光。这样的时光真是难熬呀！哈迪转过身，环顾四周。

“后来呢？离开父母以后，你又去了哪里呢？”尼洛问道。

哈迪意识到：讲讲自己的故事，或许可以使尼洛的孵蛋时光不那么无聊。

“你想知道后来发生了什么吗？对我来说，还真是度过了一段艰难的日子呢！”

费了好大的力气，我才找到了一个可以容身的树洞。告别了爸爸妈妈后，我想要去探索世界，外面的一切都使我十分着迷。而森林，就是我第一个想要探索的地方。妈妈经常对我说，城市近郊有一片美丽的森林。就这样，我决定出发啦！

对于我来说，森林里的每一种东西，都是全新的发现：在高大的树木之间，弥漫着一股奇特的芬芳。那是土壤、苔藓和蘑菇散发出的气息，光是闻一下就醉啦！黄的、红的、蓝的花朵啊，在草丛间竞相开放。白色的小花点缀着小河两岸，弯弯曲曲一路向前，看得我头都晕啦！灌下一口冰冰凉的河水，别提有多爽啦！空中传来一阵鸟儿们的合唱，我从没听过这样的歌声。

生活在这里，我每天都能遇到各种新奇的事情，每天都沉浸在无法描述的喜悦当中。可是，没有人陪我聊天，也没有人能够分享我快乐的心情。如果无法与人分享快乐和幸福，那一切喜悦都会黯然失色；如果有人在你身边，那么快乐和幸福就会加倍。这，就是我在森林中体会到的第一课。

我享用着美味多汁的浆果，森林里到处都是好吃的果子。我从一根树枝跳到另一根树枝，从一棵树飞到另一棵树，自在极了。总而言之，我真是太喜欢森林里的生活了，真搞不懂爸爸为什么要把鸟巢筑在城市里。

有一天，我遇到了一只麻雀。他似乎飞了很久，一点儿力气都没有了。“你好呀！”我对他说。

“你想干什么？”他凶巴巴地答道。这只麻雀裹着一身厚厚的羽毛。

“穿这么厚干吗呀，你很冷吗？”

麻雀张开双翼，抖了抖羽毛，又把翅膀收了回去。

“你这只小燕雀刚刚离开家，对吗？年轻人啊，总是想和别人聊聊天，是不是这样啊？”

“你是怎么知道的呀？”

“因为燕雀都是这个德行：刚刚见识了这个世界的冰山一角，就忍不住想要昭告天下！”

“没错，我才发现，如果无人分享喜悦和幸福，那这一切都毫无意义。分享之后，幸福才会加倍！”

麻雀耸了耸肩。

“生活在这样的美景之中，你难道不幸福吗？”我问道。

“告诉你我为什么会在这里！我被同伴抛弃了，孤身一人流浪了好几天。飞了那么久，一点儿力气都没有了，还有一只翅膀受了伤，都快动不了了。我很确定，再过几天，我就会从这根树枝上摔下去！”

“你要去哪儿啊？”

“你真是个天真的小朋友。”麻雀叹了口气。然后，他看了我一眼，继续说道：“如果你和我待在一起，就会明白另一个道理。”

我只把他的话当成耳边风，滔滔不绝地讲起自己的故事来：妈妈、爸爸、我的新发现、我所见到的风景，还有那些俯首即食的美味浆果。我吃了很多浆果，肚皮胀得都快飞不起来啦！麻雀看着我，脸上露出了笑容。

很快，我停止了滔滔不绝的演讲。因为麻雀又变得悲伤起来。

“你怎么啦？”我问他。看到他这么痛苦，我心里也不好受。

“瞧见了吗？我身体不舒服，你也很难过。”他对我说道。

“如果你把痛苦藏在心里，那么痛苦就会增加；可如果你向他人倾诉，痛苦就会减轻。反过来，当你同他人分享幸福时，那么心中的快乐就会加倍。所以，我们需要和他人分享自己的感受。通过分享，可以增加幸福和快乐，减轻痛苦和忧伤。如果有人在身边为你分担这一切，就能抚慰你的心灵。这才是你在森林中真正应该学到的东西。之前是不是觉得少了点什么呢？现在，这个‘知识点’终于完整啦！”麻雀说，“给我一颗甜美多汁的接骨木浆果吧。你吃过这种果子吗？原来还没有呀。现在是春天，接骨木的果子会变成红色，赋予你力量。等到了秋天的时候，就该去尝尝刺柏的果子，经过一整个夏天的日晒，它们被染成紫色，也变得更加甜美。我还有最后一个要求：当你在树林中飞翔的时候，要永远记得我今天说过的这些话。”

当我带回接骨木浆果，和麻雀一起分享的时候，真是太幸福了。

“再吃一颗果子吧！”

“不了。”麻雀说，“我吃饱了。”

“我去去就回，你很快就会恢复力气的！”说完，我就飞走了。

等我回来时，麻雀已经不见了。我还没来得及为他做些什么，他就这样凭空消失了。我感到万分歉意，歉意又变成了痛苦。这时我才明白了麻雀的话：如果不同他人分担痛苦，那么痛苦将会扼住你的喉咙，让你无法呼吸。

我继续寻找麻雀，不停地在附近盘旋：“喂！麻雀，你在哪儿啊？”在灿烂阳光的照耀下，树林显得如此美丽。光线从树枝间倾泻而下，可我的朋友麻雀却踪迹全无，只有他的话语在我的脑海中回响。我没有放弃，不停地在森林中寻找，直到夜色降临。

第十章

“你的故事讲得实在是太好了。”米安说道。

“森林充满了魔力，总会发生许多神奇的事情。”尼洛说道，“就像我遇到林中老婆婆那一次，她救了我一命，还变成一只狗来提醒我呢！”

哈迪似乎还沉浸在自己的思绪当中。

“你怎么不说话啦？”米安笑着问道。

“我现在才发现，自己居然都不知道那只麻雀的名字，我都没想过要去问问他。”哈迪回答道。

“可是你把他的金玉良言转赠给了我们，这些话语和无尽的欢乐，都将永远留在你的心中。”尼洛说道。

“不过……森林里也不全是惊喜，也有惊吓。”

“你不想记得这些事情，对吗？”

“只要一想起这些，我现在还会被吓得瑟瑟发抖。但我会永远记住，自己是怎样死里逃生的……”

尼洛站起身，活动了一下双腿和翅膀，用嘴巴调整了一下鸟蛋的位置，换了一个舒服的姿势，重新蹲了下去。“你想讲讲这段故事吗？”尼洛问道。

“我可以给你讲讲，我在森林中度过的第一晚。那一夜……可真是让人汗毛倒竖啊！一阵阵从没听过的可怕声音，一个劲儿地往我耳朵里钻……”

“哇！哇！”猫头鹰扯着嗓子乱叫。“哈！哈！”雕鸮怪笑着回应。他们到处乱飞，寻找小老鼠来充饥。这时，月亮升起来了，一切都变得清楚极了，像是白天一样。在微风的吹拂下，树冠轻轻摇摆，树影也跟着移动起来。在森林中，风儿总是能引起人的恐惧，仿佛那是一种来自地底的声音，是土地的灵魂在歌唱，于是，一切都动起来了，跟着节奏摇摆起来了。就连植物也焕发了生机，晃动个不停，好像要从土壤里挣脱出来“手舞足蹈”。从那个夜晚开始，我才知道：原来大树也想来一场说走就走的旅行呢！

尼洛激动极了：“没错，就是这样！在那个老婆婆家的时候，我也有这种感觉！风在树林间穿梭，不停地呼号。”

“在森林中度过的第一夜，我根本睡不着。黑暗令人恐惧，可是当东方渐渐发白的时候，夜行鸟儿回巢休息，乌鸫朗诵着诗句，麻雀哼着小调，欧斑鸠唱着歌儿，他们不约而同地宣告着：全新的、充满欢乐的一天又要开始啦！每天早上，我都特别开心，学着爸爸的嗓音放声高歌。你瞧，我也是森林中的小歌手了呢！和大家一起唱歌，这种感觉真是太棒啦！”

“然后呢？”尼洛问。

“对呀，然后呢？”米安问。

几天之后，我学会了辨认树木，记住森林里的羊肠小路，区分各种声音。“笃笃笃笃”一阵持续不断的声音引起了我的兴趣。我试着寻找声音的来处。“你瞅啥？”一只鸟儿说道，他连头都没回。这个长着红色脑袋的家伙，正紧紧地抓着树干，在专心致志地啄树皮呢。

“你是在给这棵大栗子树挠痒痒吗？”

“你开什么玩笑呀？”

“你……你是谁呀？”我问他。

“啊，我应该没看错，你是一只话痨小燕雀！你没见过啄木鸟吗？”

“所以你要啄掉栗子树的皮吗？”

“我是为了吃藏在树皮下的小虫子。”

“虫子好吃吗？用嘴巴使劲儿啄木头，你的头会不会痛呀？要是我的话，可能连一分钟都坚持不了呢！”

“对呀，因为你是燕雀，不是啄木鸟呀！”

“这个我当然知道呀。”我答道。

“听着，我还忙着呢，家里有好几张小嘴巴在等我呢。拜拜啦！”啄木鸟揪出两条虫子，看都没看我一眼就飞走了。

森林里的居民似乎都忙得很，有的忙着筑巢，有的忙着填饱自己和宝宝的肚子……我从这棵树飞到那棵树，从这片森林飞到那片森林，而这并没有减轻我的孤独。我找不到一个朋友可以分享我的喜悦和分担我的痛苦。我飞得越来越远，朝着森林更深处进发。正当我一心一意思考“人生”的时候，突然瞧见一片美丽的接骨木树丛，那里长满了浆果。我饿坏了，想都没想就一个猛子扎进了树丛中。一张无形的网困住了我。“救命啊，救命啊！”我一边挣扎一边大声呼救。那网眼又细又密，我越挣扎，就陷得越深，被捆得越牢。

第十一章

“我再也飞不起来了，翅膀像是被粘住了一样。”

“我说，你还没扑棱够啊？”

我转过头去，看着这只跟我说话的鸟儿。他也和我一样，浑身上下五花大绑，只能勉强动动嘴巴。

“这到底是怎么一回事啊？”我问道。

“朋友，我们被捉了。”

费了好大劲，我才看清，周围有四只动弹不得的鸟儿。随着我的挣扎，他们也轻轻晃动着，好似有一阵微风拂过。

“你们被困在这里很久了吗？”我问道。

“从昨天到现在，我们都快饿死了，想不到要在这样的牢笼里结束生命。”另外一只鸟儿说道。欸？她好像和我一样也是燕雀！

“别担心，也许事情还会变得更糟糕呢！”

“都这个时候了，你觉得开这样的玩笑合适吗？”

“我们还活着呢，不是吗？！还没变成猫和老鹰的早餐呢！只要还活着，就一定能想办法逃出去！”

“那我无话可说了。”这只燕雀说道。

“你叫什么名字呀？”我问道。

“阿米娜，我叫阿米娜。”

“我叫哈迪。有句俗话说得好：身陷囹圄之时，正是结交朋友之际。”

“你真怪……不过，我和你可不是朋友。未来是个什么样子，谁也不知道。”

“好吧，为了增进我们之间的了解，我可以把麻雀老友的故事说给你听，还有我在森林里的冒险经历，如果你愿意的话……”

“喂，我说，你觉得现在讲这些真的合适吗？”

“为什么不合适呢？”我答道。我向她耐心地解释了自己在森林中学到的一切：和别人分享自己的情感，才能增加喜悦，减轻灵魂深处的焦虑和痛苦。或许，现在正适合做这些事情，不是吗？

第十二章

尼洛的眼睛瞪得大大的："你该不是在说谎吧？"

"我干吗要说谎啊？"

"这个故事听起来像是编的。"米安说道，他和尼洛换了班，接下了孵蛋的重任。

"可这些都是真的！"哈迪抗议道，他在树枝上跳来跳去。

尼洛用力拍拍翅膀，伸了伸腿，为飞行热热身。"陪我去湖边吧？我又饿又渴，你还可以继续讲故事，我真的很好奇呢！"

顶着非洲的烈日，两位好朋友吃了个饱，喝了个痛快。回到鸟巢之后，哈迪开始继续讲故事了。

就这样，我们这几个囚犯被困在网里，什么都做不了。夜幕降临，有两个阴影朝我们走来，开始解网。因为恐惧，我的心脏疯狂地跳动着。紧接着，一只手托住了我的身体，一个人小心翼翼地解开缠在我身上的网，把我放进了笼子里，我终于可以活动一下翅膀啦！曙光逐渐照亮天空，呈现在我眼前的一切实在是奇怪极了。我们来到了一个小棚屋里，这儿有许许多多木制鸟笼，大大小小，尺寸不一，有的放在桌上，有的挂在墙上，有些笼子是空的，有些笼

子里装着三四只鸟儿。

我所在的笼子里只关着我一只鸟儿。棚屋里有啄木鸟、燕雀、麻雀、白领翡翠，大声地喊个不停的欧斑鸠和乌鸫，还有一只一动不动、目光呆滞的小鹰。我总觉得小鹰的眼神中隐隐透出一股杀气，也许他下一秒就会扑到我身上来。真是太吓人了！

“别怕，他不会对你怎么样的。这不过是一个塞满了稻草的标本而已！”一只乌鸫说道。

在这个小小的棚屋里，充斥着各种各样的求救声。

阿米娜和我离得不远。“你还好吗？”我问道，真为她捏一把汗呀。

“现在还好，但情况会变得更糟的！过不了多久，我们就会被扔下油锅，或者和那只鹰一样成为小摆设！”

“哎呀，那也总比被烤熟要好吧！”我回答阿米娜。

“你为什么总是想故作幽默呢？”

“不是呀，你瞧，现在不是比刚才好多了吗？谁知道呢，没准我们很快就找到办法逃出去了呢！”

阿米娜伸展了一下小小的翅膀，脸上写满了无奈。

“真遗憾呀，我们要是被关在同一个笼子里就好啦，还能做个伴儿呢！”我说道。

阿米娜蹲在小笼子里，没有理我。

而我呢，突然很想唱歌，就像爸爸以前经常做的那样。

当我唱起欢快的歌儿时，鸟儿们都渐渐静了下来，专心听我歌唱。歌声战胜了忧伤。后来，阿米娜也情不自禁地唱了起来。所有的鸟儿都不再抱怨，加入了歌唱的队伍。这支动听的歌曲把附近的鸟儿都吸引了过来。大家都把恐惧抛到了九霄云外。

“来猜猜看，人类会怎样‘优待’像你这样的燕雀小歌手呢？他们会挖去你的双眼，让你一直歌唱，来吸引更多的鸟儿！”被关在大笼子里的雕鸮说道。

“那也比变成摆设要好！不是吗？”我回答道。

阿米娜笑了。要说我没把这些威胁放在心上，那是不可能的，只是我不想让其他鸟儿知道我也在忍受恐惧的折磨。我想，在这样一个可怕的时刻，能与大家分享歌声带来的一点点喜悦，应该是一件很棒的事情吧。

“下次飞行的时候，我可要小心点儿啦，绝不会这么容易就被抓住的！”我说。

“不会再有下次了！”阿米娜回答道。

“想开点啊，我的朋友，心态要阳光一点儿！”

笼子里放好了水、小麦，还有磨碎了的玉米。我大吃了一顿，味道还挺不错的呢。

“我真搞不明白，在这种时候，你怎么还能吃得下饭！”

“饿了就要吃呀！”我答道。

“你就不难过吗？”

“我干吗要难过啊？美味的食物就在眼前，饿了就大吃一顿，喝个痛快。现在，我还要美美地睡上一觉呢！”

“我很确定，明天他们就会挖掉你的眼珠，让你唱个不停！像你这样的燕雀我见得多了，个个都是这样的下场！”雕鸮又强调了一遍。

“明天的事明天再说，我现在要睡觉了！”我疲惫地说道。

没过多久，一阵狂风吹醒了我的美梦。我一边打着哈欠，一边环顾四周。空气中仿佛流窜着看不见的电流，笼子里的鸟儿们都变得躁动起来：他们有的拍着翅膀，有的跳来跳去，有的炸起了全身的羽毛。狂风劲吹，树林发出低沉的吼声，我从没听过这样的声音。阳光也变得暗淡，很快，天空暗了下来，仿佛黑夜瞬间降临。“发生了什么？”我疑惑地喊道，声音里还带着些许困意。

“暴风雨要来了！”阿米娜说。

“世界末日要来了！”雕鸮突然插了一句。

“要的就是暴风雨！”我说道。

小棚屋吱嘎作响，金属板做成的墙壁开始慢慢倾斜，快看啊，一面墙向另一面倒去了，真是太可怕了！紧接着，一件不可思议的事情发生了：小棚屋的屋顶居然被掀飞了！狂风裹挟着纸片、木头、绿叶和枯枝咆哮而来，房间里瞬间变得乱七八糟：塞满了稻草的小鹰标本掉到了地上，一个鸟笼被摔得支离破碎，几只白领翡翠逃了出来。

“喂，快来帮忙呀！哎呀，你们快过来呀！”其他的鸟儿喊道。

另外几个鸟笼也掉到了地上，但门没有打开。里面的鸟儿急

得乱扑腾，绝望极了。

“阿米娜，阿米娜！”我大声喊道。就在这时，瓢泼大雨从天而降。一阵狂风卷起我所在的笼子，又狠狠地把它扔在地上。

“哎哟喂，这一下可摔得太狠了！”我叫道。房顶重重地砸到了笼子上，笼门裂开了。我抖了抖羽毛，把全身的力气都汇聚到翅膀上，一飞冲天！虽然大雨倾盆，雨滴冰冷，可我终于自由了！

我环顾四周，发现阿米娜的笼子也掉到了地上，可她还被困在里面呢。我试着用嘴巴去开笼门的小锁，终于，我成功了！阿米娜一下子蹿出了笼子。“喂！快停下！你要去哪里啊？”我跟在她身后喊道。我想要追上阿米娜，可是雨太大，她很快就消失在我的视线里。

我得尽快给自己找一个庇护所。于是我就钻进了附近的一个树洞里。躲在这里，我不停地抖着羽毛，想把身上的水甩干。呜呜呜，真是冷死了！浑身湿透的我百感交集地欣赏着大自然的演出，心想着：狂风怒吼，大雨瓢泼，真是太可怕啦！可是多亏了这场暴风雨，我们这些小小的鸟儿才能逃出偷猎者的牢笼！

第十三章

“那阿米娜呢？”尼洛问道。

“对呀，阿米娜呢？”米安也追问道。

“你们后来再也没见过面吗？”尼洛又问。

“你们就这么急着想知道后面的故事吗？”哈迪说道，他犹豫了一会儿，“那个时候，我很高兴能救她出来。”

“可她这样做不太对呀。”尼洛说，“至少该跟你说声谢谢吧！”

“我救她不是为了让她谢我，只是为了让她能够重返蓝天，自由飞翔！这件事也让我感受到了无与伦比的喜悦，我开心极了。只要你们耐心听完我的故事，就会发现生活总为每个人准备着许多惊喜。等着瞧吧，我的故事肯定会让你们大吃一惊！”

“你的故事真的太棒了！然后呢，又发生什么了？”

“别急呀，朋友。虽然森林中充满了奇迹，可我毕竟是出生在城市里的。经历过这次死里逃生之后，我开始思考：或许父亲的决定也有他的道理。”

在一个安静的秋日清晨，我决定回到人类的城市中去。我很确定，这是一件正确的事情，也是一件必须完成的事情。

可我犯了一个错误：我居然迷路了！飞行了一段时间之后，我发现自己居然找不到回去的路了！

尼洛大笑起来："原来不只是我会迷路啊！你可从没跟我提过这档子事儿！"

"这个嘛……我们还是先听故事吧。"

离开森林之后，我发现自己来到了一片视野开阔的空地。在这种地方，其实是很容易迷路的，因为我根本不知道该选择哪个方向，没有参照物也是非常危险的。我忽然发现，如果此时出现一只红隼或是老鹰，我根本无处藏身。对于这些飞行速度惊人的家伙来说，我简直就是大野地上的活靶子嘛！我瞧见远处有一只狗正朝我这个方向跑来。他先是停下来，用鼻子疯狂地四处乱闻，然后俯下身子朝我狂奔而来，还开心地一路狂吠呢！只一眨眼的工夫，他就跑到了我面前。"喂，朋友！"我大喊了一声，拍着翅膀冲天而起。就在这时，空中传来两声枪响。只见灌木丛后藏着一个猎人，他手中的猎枪正瞄准一只野兔——这只小动物在草丛中按"之"字形的路线逃得飞快。他一会儿向左转，一会儿又突然来个右转弯，就这样成功地保住了自己的小命。当然啦，也是托了我的福——因为我吸引了猎人的注意力嘛！不过，

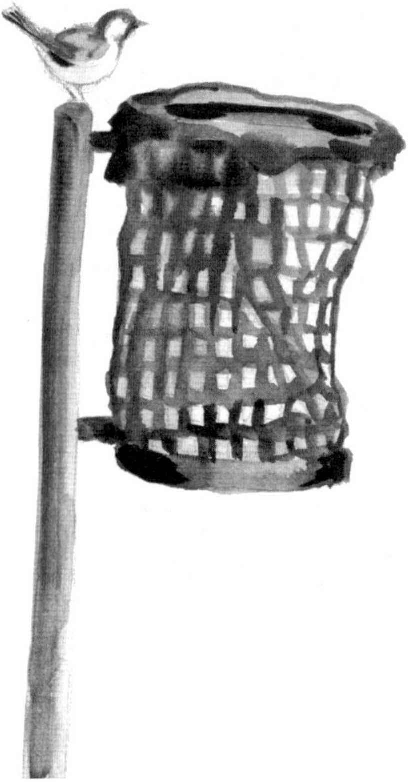

现在回想起来还是挺吓人的，亲爱的朋友们，这是我有生以来第一次飞得那么快，差一点儿就被猎枪打中了呢。多亏我的好运气，又一次死里逃生。

第十四章

我在天上飞啊飞啊，低头一看，身下是一条车水马龙的大路，我决定顺着这条路的方向继续往前飞。大路上所有的汽车都开足马力在狂飙，发出难听的噪音。“没错，这应该就是直通城市的道路了。”我心想。飞了一会儿，我感到有些疲惫，就落在了停车场里一块橘黄色的路牌上。这时，一群麻雀从树林里飞了出来。

当我在停车场的牌子上歇脚时，他们却全都钻到汽车底下去了。

“喂，你们去哪儿啊？”

“去吃午饭呀！你也和我们一起去吧！”

我跟在麻雀身后。他们闹哄哄地在汽车之间乱飞，又纷纷钻进了长椅旁边的垃圾箱里。在杯子和塑料盘子之间，一场饕餮盛宴开始了。

“这是什么东西啊？”我问道。

“这些剩饭好吃极了，你也快来尝尝吧！”

我真饿啊，饿得前胸贴后背，可这里弥漫着一股可怕的臭味。我的心中充满了疑虑，开始环顾四周：汽车不断开进来；小孩子们跑来跑去，妈妈们不停地喊着；卡车发动马达，向空气中排出一朵朵臭烘烘的‘乌云’。这到底是哪儿啊？我躲回树上，心里疑惑极了。麻雀们在塑料碟子间跳来跳去，叼起面包屑消失了。过了一会儿又出现在垃圾箱里，如此循环往复。我也靠近一个碟子，叼起一块比萨渣，然后飞快回到树上。只尝了一口，我就吐了。

旁边的一只麻雀大笑起来：“这是你第一次光顾‘高速路小吃店’，对吗？等着瞧吧，你很快就会习惯的！”他继续笑着说道：“别吃比萨了，吃面包吧！面包的味道总是要好一些的，它会让你充满力量！”

谢过麻雀，我四处张望，像他建议的那样，想要找点儿面包尝尝。就在这时，我看到一只黑白相间的鸟儿，她的尾巴是那样的修长美丽——她一定是一位芭蕾舞演员！她只用一条腿跳来跳去，吃几口食物，又费力地跳到更远一点儿的地方去。我停在栅栏上，开始观察她——真奇怪呀，我都没发现自己竟看得这样认真。

“你干吗看着我啊？”

“你就住在附近吗？”我问她。

“是的，我家就在附近。为什么问这个呢？从来没人关心过我。我一直都是一个人生活，自己照顾自己。”

我发现，为了不失去平衡，这只鸟儿跳个不停……我不知道该说些什么，“芭蕾舞演员”费力地跳远了。她抖动着尾巴，四处寻找食物的残渣。

“你叫什么名字啊？”我问道。

“你为什么想知道这个呢？”

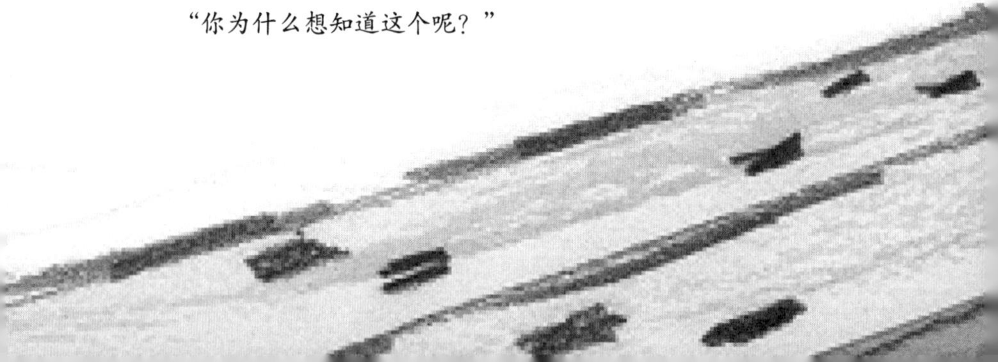

“因为这样我就可以记住你的名字，你就会永远留在我的记忆里了！”

“我的名字并不重要。”她回答道。

“对我来说很重要！告诉我吧，求你了！”

“你想知道我的名字，是因为我是个瘸子吧？这才是你想问的事，而你却没有勇气，对吗？我生下来就是这副模样！待在这里，只是因为我没有力气迁徙，也不能自己筑巢。仅仅凭着这一条腿，我是如何生存下来的呢？当孩子们看到我时，他们就会朝我扔一些面包屑。冬天我也住在这里，多亏了汽车排放的废气，停车场变得不那么寒冷了。你现在满意了吗？”

“你总是独自一人吗？”

“是的。总之……如果你想知道我的名字的话……我叫爱丽！”“芭蕾舞演员”回答道。

“爱丽……真是个好听的名字。我叫哈迪！”

“谢谢，你是个好人。”

“我的旅行还要继续。爱丽，再见！”我拍拍翅膀，朝城市飞去。

第十五章

在城市里，广场的空地上有许多四处啄食的鸽子。

“喂，小心呀！”我大声喊道。一辆小汽车飞驰而来，而鸽子们却一点儿反应都没有。“小心呀！”我又喊了一声。只有一只鸽子挪了挪地方，然后继续在地上啄啄啄。“你会被车子碾死

的！”我吼道，“一辆大卡车马上就要开过来啦！”

那只鸽子挪了两步，冲我喊道：“你在那儿瞎嚷嚷什么呀？”接着又继续在地上啄个不停。

“我这可是担心你啊！你还要继续冒险吗？就不怕被碾成柏油马路上的肉饼吗？”

鸽子笑了：“看来你对我们的天赋一无所知呢！”他一边说着，一边轻松地闪过了那辆大卡车。鸽子落回地面，翻了个筋斗，像是完成了一支舞蹈，继续在地上啄食。又来了一辆大货车，鸽子拍拍翅膀，轻松一闪，又落回地面——和巨大的轮胎擦身而过——他依旧在地面上啄个不停。就在这时，一辆摩托车像闪电般冲来，鸽子闪开一步，继续安静地享受自己的食物。

“这样太危险了！你会被车撞死的！”我喊道。

一只鸽子加入了马路啄食的队伍，过了一会儿又来了一只。

“我从没被车撞到过！”其中一只鸽子喊道，他转了个身，躲开了一辆摩托车。“瞧见了吗？只要轻轻一闪。从这儿到那儿，只要一步的距离，拍几下翅膀，再加上几分注意力，只要车过去了，就又可以继续吃饭啦。”鸽子一边说着，一边转了个身，往旁边跳了一步，躲开了一辆突然加速的小汽车。

“在这段‘山路十八弯’的马路上，装着麦子的大卡车总会掉下一点儿货物——我们就可以尽情享受美食啦。”鸽子一边说着，一边又躲过了一辆汽车。

“没错，可是在这里找吃的真的太危险啦！”

“对啊，可是世界上的其他地方也一样危险呀！适应这样的生活可真是不容易！不过我们早都练出了一身绝技！”

我盯着鸽子们，他们跳的这支生与死的舞蹈使人着迷：每一次起落，都要冒着生命危险，真是令人震撼。看着看着，我实在无法忍受内心的焦虑，展开翅膀飞走了。

第十六章

尼洛笑了：“没错，我也见过鸽子。他们在马路中央跳来跳去，像是不怕死的芭蕾舞演员！”米安也笑了起来。

“很好很好，多亏了这些傻大胆的鸽子，我终于让你们露出笑容啦！”哈迪说道，“最后，我厌倦了这些噪音，想要回到静谧的蓝天下自由飞翔。我站在钟楼顶的铁公鸡上，这个生了锈的家伙不会像普通公鸡一样喔喔打鸣。每当有微风吹过，它只会发出吱吱嘎嘎的声音，一会儿转向右，一会儿转向左，轻轻地晃动着，像是我的小摇篮。我俯瞰着这座城市——觉得自己终于回家了，与此同时，却又觉得自己是个陌生人。我问自己，究竟哪里才是我的家呢：森林，还是城市？是‘芭蕾舞演员’爱丽的停车场，那里还有麻雀们的‘高速路小吃店’，还是‘傻大胆’鸽子们的马路？我困惑极了，不知道自己该去向何方。”

“到底该怎么办呢？”我问自己。

落日的余晖温暖了我的心。望向林荫大道，刚刚开始的秋天给路边的树木染上了一层鲜亮的黄色。最后，一丝饥饿、一缕干渴帮助我下定决心：飞下钟楼，朝城市去吧。如果我能预料到未来会发生什么事，我一定会回到森林中，用快得像闪电的速度。

第十七章

“你没有朋友吗？”尼洛问道。

“没有。因为当你东奔西跑、满心忧虑的时候，很难交到朋友，何况总有人想把你做成一道‘鸟肉丸子’！想在城市里找点吃的，那可真是太难啦！”

当我飞向林荫大道上第一排梧桐树的时候，听到了一阵刺耳的噪音，那是一种我从没听过的怪声。三支绿色的“箭”疯狂地朝我射来，一下子切断了面前的路，我无法再向前一步。“喂，你们！看着点儿路，别乱飞！”我对面前的三只鸟儿说道。真没见过这样没教养的家伙！

飞到梧桐树上，我决定在这里休息一会儿。一大群绿色的鸟儿正在空中飞来飞去，急急忙忙地想要找一个落脚的地方。

“喂，你！不许待在这儿！”一只绿色的鸟儿落在我面前，

对我说道。

“为什么呀？这些梧桐树属于所有人。”

“现在是属于我们的！”

“这里谁说了算啊？”

“我们！”

我笑了：“那你又是谁啊？口气可真不小呢！”

“这里是我们鹦鹉的领地！从这里到市中心，全都归我们管！我们不欢迎入侵者！”

“这也是我的城市啊，我就是在这里出生的！”我的态度也

十分坚决。

“就算我们来得晚，那又怎么样？现在我们比你强大，这里就归我们管！你呀，还是赶紧拍屁股走人，到别的地方去转转吧。”

我又笑了。“瞧瞧啊，鹦鹉就用这种态度跟我说话！”我想。

“我是一只燕雀，你吓不倒我的，明白吗？我要是想走，自然就走了，还轮不到你在这儿指手画脚……”我辩论的激情刚刚燃烧起来，一阵大风迎面扑来，十几只鹦鹉气势汹汹地冲到我面前。“……这次不过是因为我太累了，想在这里歇歇脚。我现在就要走了，不过我告诉你，这件事儿没完。”我一边说着，一边努力掩饰着自己的恐惧：他们人多势众，而我只是个光杆司令呀！

“滚出我们的地盘！”鹦鹉头子说道，“我叫哈克姆，希望你好好记住这个名字！否则就会和那些鸽子一个下场！只用了一天的工夫，我们就把这些家伙赶出了他们的家园，没过多久又把他们赶出了城堡。这片土地现在是我们的了，你赶紧滚蛋吧！”

“我走，我走就是了。”我说道。

我张开翅膀，缓慢地兜了一个圈，又飞了回来，像是要对他们发起挑战。鹦鹉们立刻摆出一副要追杀我的样子。我赶紧溜了，带着一颗吓得狂跳的小心脏，飞得比风还快。

第十八章

“真是听得让人火大！这种故事每天都在发生！”米安一边说着，一边拍了拍翅膀，“捍卫自己的鸟巢当然没有问题啦，可是这样欺凌别人真是让人无法忍受！”

尼洛却变得忧郁起来：“入侵者也是一样……那些人多势众的家伙，总想着要指挥所有人，控制所有事……”

“我也被气了个半死。”哈迪说道，“可是你们知道吗？就算那些坏蛋能够摧毁你们的家园，能把你们赶走，但他们不能夺走你们的自由和希望！永远不能！这才是事实！”

“你说得对，哈迪。事实上我们也重新找了一个地方筑巢呀。”米安说道，“我们决不能被沮丧打败，也决不向强权低头！”

“为了在城市中获得领地，我也曾不屈地斗争过。这并不容易。如果你们想听的话，我可以给你们讲讲那段不幸的经历。”

“当然啦！我们现在有的是时间！还要过好些天，这些蛋才能孵出来呢！”

经历过和鹦鹉们不愉快的会面之后，我来到一个小花园里。有许多小孩在这里嬉戏玩耍。我觉得这个地方不错，可以好好休息一会儿。就在这时，我听到了争吵的声音。

“这个破地方难道连一刻钟的安静都没有吗？”我心想。一群小孩子哈哈笑个不停，把手中的面包屑丢进草丛中，引起麻雀、鹦鹉、欧斑鸠和鸽子们的一场争夺。

每只鸟儿都吵个不停。“喂！你快滚开，到那边去！”“我不！你才到那边去！”“让开点！”“就不！你给我让开！”“喂，那块面包屑是我的！”“不，是我的！”

鸽子们在这里发号施令，掌控大局，因为他们的数量比鹦鹉多多啦。虽然鸽子们在地面上行动迟缓，动作笨拙，可他们在空中却占尽了优势。麻雀们动作敏捷，反应迅速，吃得比谁都多。说实话，我也饿了，看着这些面包渣，我的口水都流出来啦。我朝一个小孩飞去，想要吸引他的注意力。就在这时，一只鸽子从我面前冲了过去。“哎，你怎么这样啊？我先来的！”我抗议道。

“只有翅膀飞得快、脑子转得快的鸟才能填饱肚子！”他答道。这个家伙已经做好了准备，想要再抢一块面包渣。

“可这样是不对的！”我再次抗议。

“但这个世界就是如此！”一只麻雀说道。他从我面前飞过，嘴里叼着一小片面包。

一些鸽子已经离开了，鹦鹉们还在草丛里啄来啄去，而小麻雀们呢？抢到一小块面包就立刻消失得无影无踪，躲到远离人群的地方享用美味。只有我待在原地，怀着满腔疑惑，看着鸟儿们飞来飞去、跳上跳下、跑前跑后，却什么都没吃到。

“这些鸟儿在空中拥有绝对的优势，可当他们在地上行走时，却显得又缓慢又笨拙。”一个温柔的声音说道。我循声望去，看到了一只站在一棵还带着几条绿枝的老树上的松鼠。

“松鼠先生，你好像知道的事情还不少呢！”我问这位新来的朋友。

“我看到你们为了一小片面包争吵不休，真是令人伤感啊。”松鼠一边说着，一边把玩着手中的核桃，姿势相当熟练。

“你可以把这个核桃给我吗？”

松鼠笑了。“我为什么要把核桃给你呢？这可是我为了过冬储备的粮食。请别见怪，我目睹了你从鹦鹉们的魔爪下狼狈逃脱的场景。起初，他们来到这里不过是为了找个可以生存下去的地方，而现在，他们却想着要霸占整个城市了。这里的冬天十分暖和，谁都不愿意离开。”松鼠说道，“你为什么不离开这里呢？”

“因为我不想啊，在这儿住着还是挺舒服的！”我回答道。

“地球也会随着气候的变化不断自我调整，冰天雪地时，地球会结冰；高温酷暑时，地球也会出汗呢！现在，地球热起来了，所有的动物都要学会适应，学会和这位伟大的‘母亲’和谐相处。可是，人类的污染让一切都变得更加糟糕……”

“谁是伟大的母亲啊？”

“地球呀！”松鼠笑着回答，“一看你就是个刚出生不久的小家伙。对于你来说，如果想要在这里生存下去，过冬可不是一件容易的事情。和其他鸟儿一起生活，会让事情变得更加复杂。在所有鸟儿当中，麻雀是过得最惨的。这都是人类的错。他们使用毒药来对付蚊子和蟑螂，也毒死了麻雀们爱吃的小虫子。乌鸫们一般都是在篱笆间筑巢，因为毒药的缘故，他们也倒了大霉。然后呢，庭院里的猫变得越来越多。总而言之，想要在城市里生活下去，对任何人来说都不是一件容易的事情，但要找到点吃的东西，也还是有可能的。”松鼠说，“两年前，我从森林里搬到了这个美丽的花园中。我曾在城堡中居住过，那里美丽极了。庭院里的小花园就是我的家。后来呢，我搬到了这里。因为那些源源不断的游客实在是太讨厌了，他们来参观城堡的小花园，还总想抓住我！现在，我的家人们都住在这棵楝树上，我们生活得宁静幸福。家里的宝宝可爱极了，我每天都给他们带回核桃和小榛子。我也明白，像你这样的小燕雀想在城市中生存下去，要和这么多鸟儿们竞争，实在不是一件容易的事。”

“我在这座城市中出生，去森林中生活了一段时间，然后又回到城市，想要寻找自己的家。我一直不停地努力，可现在却觉得好累。今年春天，我刚刚出生，老鹰从鸟巢中抓走了我的弟弟。我从偷猎者的捕鸟网中死里逃生，又躲过了猎人的枪。我心里很明白，城市中的生活也绝不容易。”

“没错。”他回答道，“每个人都在寻找自己的生存空间，不想和其他人分享，大家彼此畏惧。为什么大家不试着和谐共处呢？鸽子和鹦鹉为了城墙上的洞穴争吵不休，想要抢到一个筑巢的好位置；麻雀和欧斑鸠为了小小的面包屑大打出手。不仅如此，每个人脑子里都只想着一件事：捍卫自家的后院。要是一不小心进入了别人的领地，那可就麻烦啦。在所有鸟儿当中，欧歌鸲是最霸道的。在整个花园中，你只会看到一只欧歌鸲，因为他们的领地意识实在是太强了。”

想起燕雀喜好争吵的天性，我不禁有些羞愧。“如果来的是另一只松鼠，你会怎么做呢？你会和他一起分享核桃吗？”我问道。

松鼠没说话，静静地思考着。

“我还真没遇到过这种事情，所以无法回答这个问题。或许我会和他一起分享核桃，但我首先想到的会是我的家人。冬天寒冷而又漫长，对于每个人来说，找点吃的并不容易。或许我也会这样做：把保卫领地和食物放在第一位。没错，我必须保护自己所爱的人。”松鼠回答道，接着他就陷入了沉默。我明白，这个问题让他感到困惑。

“不过我可以做到这件事！”松鼠继续说道，“我叫法里斯，经常待在黄房子旁边的花园里，你可以在那里找到我。瞧见城堡里那座古老的塔楼了吗？你可以把它当成参照物。如果你有需要，在一年当中的任何时候，哪怕只是为了找人聊聊天，你都可以在那里找到我。亲爱的朋友，我一直都在。哪怕我并不认识你，只要你饿了，我就可以和你分享核桃！”

“我叫哈迪，很高兴认识你！在这座城市里，我还没有朋友呢，你是头一个！我相信，今天是个好日子，我可以心满意足地离开这里啦，因为我心里很清楚——你是一位值得依靠的好朋友！”

法里斯紧紧地抓着他的核桃，向我挥手道别。之后，他沿着树干飞快地跑掉了，背影潇洒极了。

终于，我拥有了一位朋友，这是我在城市中的第一位朋友。

第十九章

“想要大家一起和谐共处，实在是太难了。”米安忧伤地说道。

尼洛从鸟巢中站起身来，用力拍打着翅膀，想要活动一下筋骨。孵蛋的日子总是过得很慢。她小心翼翼地用嘴巴翻了翻鸟蛋，又卧回窝里。

“想要适应城市中的生活是非常困难的……在那里，你连一只燕雀都不认识，谁能来跟你做伴呢？”尼洛问道。

“你呀，真是个好奇宝宝，什么都想知道。”哈迪打趣地回答道，“不过在那里，我确实没遇到过其他燕雀。我也不想去那些温暖的国度，因为那肯定是一场漫长而艰辛的旅程。待在我的城市中过冬，听起来好像还不错哦！我想要回到自己出生的花园里去。不过，我不得不承认，有些时候我也会犹豫和怀疑，我经常对自己说，留在这里……或许不是一个好主意。”

“那你为什么不离开呢？”米安问道。

“因为实在太冷啦！有的时候，天气那个冷呀，想要飞远一点儿都不可能！还是待在屋顶上比较好，待在烟囱旁边，和温暖为伴。我只是觉得有些对不起爸爸妈妈，他们一定都飞去温暖的国度了。‘那些地方真是美极了。’当我还是一个宝宝的时候，妈妈经常这样说，‘那里碧海连天，阳光明媚，还有安全的地方可以筑巢。’”

“这样的话……你有没有再和他们见面呢？”尼洛问道。

“没有。不过我心中的孤独很快就烟消云散了，因为我知道，来年春天，他们一定会回来的，回到我们的花园中来。对于这一点，我很肯定。我就在这里等他们。”

尼洛垂下嘴巴，目光飘向远方，一副心事重重的样子。她想起了那次在猴面包大树下的相逢。

“幸运的是，我总是能为自己找到快乐的理由。毕竟我是一只见多识广的燕雀嘛！”

白昼变得越来越短，太阳落山越来越早，我得赶快找个能遮风挡雨的地方好好睡一觉。一天晚上，我在陌生的居民区上空飞行，想要找到自己的家。顺着一条车辆拥挤的马路，我看到一个停车场，那里长着一排梧桐树。小汽车和卡车排放出的废气让这里变得十分暖和。正当我准备睡觉的时候，突然发现天空变得阴沉起来。一块可怕的“乌云”不知从哪里飞了过来，就停在我的头顶上空。“我的妈呀，这是怎么了？”我心想。眼前的一切把我吓坏了：“乌云”在空中翻滚，犹如被狂风吹动。可是一丝微风都没有，叶子动也不动，像是被牢牢粘在了树枝上。身边的一切都静止了，只有“乌云”变得越来越阴沉，在天空中不停地躁动。

“乌云”逼近，突然之间，宛如有一滴墨水从天空中滑落，一条黑线与梧桐的树冠顶端相连——哎呀，这不就是我藏身的那棵树吗！原来那朵“乌云”是一大群紫翅椋鸟！成千上万的黑色鸟儿一瞬间全都落在树上，所有的树枝都摇晃起来，简直是“大树不能承受之重”！我的天啊，这实在是太吓人啦！一旦他们停在树上，便

会发出一阵阵震耳欲聋的噪音。所有的一切，只发生在短短的一瞬间——这些家伙居然同时开始大便！一阵可怕的“臭雨”倾泻到马路上、小汽车上，还有倒霉的路人身上，人们惊慌地四散狂奔，唯恐被鸟粪弄脏。柏油马路变得滑溜溜的，一块白，一块红——因为这群紫翅椋鸟刚刚吃了许多葡萄！小汽车上也添了许多波点图案。

“我才不信呢！这些肯定都是你瞎编的！”尼洛大笑着说道。

“是真的！我飞快地逃走了。要知道，我可不是唯一一个抓紧逃命的鸟儿。当时你要是在场的话，就能看到我们飞得有多快了！在我前面，还有一只鸽子、一只欧斑鸠、两只鹦鹉！”

尼洛笑了：“看来，城市里也和大草原一样危机四伏呢！”

“就是因为这个原因，找到一个让人有安全感的地方，才显得格外重要。只要能够回到出生的花园，我愿意付出任何代价！只有在那个地方，我才能感到一丝宁静。至少，我自己是这样认为的。”

第二十章

“想要找到正确的方向，就必须听从内心的声音。尼洛，当时你妈妈就是这样教你的，对吗？这也是我亲身实践得出的真理！我飞过城市的塔楼，轻轻地闭上眼睛，任凭自己在空中滑翔。思乡之情，真是一种很奇妙的感觉。我展翅翱翔，好像早就对这条路熟稔于心，生命之初的记忆，带着我回到了那个小区——在这里，爸爸妈妈筑起了我们的家。当我远远地望见那棵松树时，心里别提有多激动了。我一路滑翔，一头冲进松树的树冠里，然后猛地刹住了。满腔喜悦瞬间化为忧伤。鸟巢早已被雨打风吹去，只剩下几根歪歪斜斜的树枝。”

“我们太了解你的感受了！”米安说道。

“我当时简直不敢相信自己的眼睛。亲爱的米安，或许，那些曾经让你感到幸福的地方，已经不必再回去了。当我环顾四周时，觉得这里已经不再是我的家了。”

似乎老天爷还嫌我不够惨，就在这时，突然有人冲我大吼大叫：“哎，你！在那儿干吗呢？这是我的花园，赶紧滚出去！”

一只小欧歌鸲正盯着我，脸上写满了威胁。

“我是燕雀，不是欧歌鸲！让我一个人待会儿！”

“你不能待在这儿！这是我的领地，我还要和我老婆一起筑巢呢！”

“这里也是我的家！”我回答道，“我就是在这里出生的！就在今年！你瞧见这里了吗？没错，亲爱的朋友，就在这个鸟巢里，我——出生了！”

“不，我什么都没看到！就算我看到了，那也根本不重要！总之，你现在赶紧给我走！”

“凭什么？我要是不走呢？”我挑衅地说道。我又冷又饿又困，开始变得不耐烦起来。

欧歌鸲却更加嚣张了。

“你炸毛也没用，我是要在这里过冬的！”他喊道。

“警告你别来烦我！让我一个人安静地待会儿！我不想和你吵架！”这是我第一次拉下脸来威胁别人，我扯开嗓门儿，准备据理力争。我大概吓到那只小欧歌鸲了，他胸口蓬松的羽毛瘪了下去，然后默默地飞走了。

“好好学学该怎么尊重燕雀大佬吧！”我心想。

天色渐晚，我饿得头昏眼花，瞧见旁边的房子开着一扇窗户。我朝窗台飞去——那里有一片白花花的面包屑和蛋糕渣！我大吃起来。

真是太美味了！我所有的愤怒都变成了喜悦。终于，所有的美味都被我装进了嘴巴里。我在墙上找到了一个洞，就在屋檐下面，离壁炉很近。我缩成一团，心里稍稍感到一丝安全。现在，我终于可以安安静静、暖暖和和地休息一会儿了。夜幕四垂，肚子里装满了美味，我进入了梦乡。

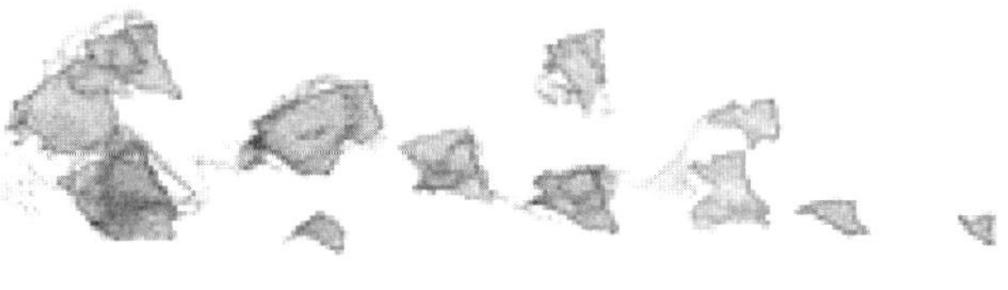

第二十一章

第二天，我一睡醒就赶紧抖抖羽毛，让自己清醒一下。我睁开眼睛，发现有只鸟儿正在树枝上瞧着我。哎呀，是谁呀？原来是那只傲慢的欧歌鸲。

“噢，不！怎么还是他啊！”我想，又闭上了眼睛。

“因为昨天的事情，我来跟你道个歉……不过如果你还没醒的话，可以继续睡！”欧歌鸲说道。

“我今晚还要睡这里！”我半梦半醒地回答道，“即使没有你的允许，我也会继续睡在这儿！”

过了一会儿，欧歌鸲拍拍翅膀飞走了。我立刻为自己刚才的言行感到后悔了：或许他只是想来求和的，毕竟他都来向我道歉了，而我对他的态度又是那么糟糕……

我想要吃点东西，于是又来到了窗台上，可那里什么都没有。“好可惜呀！”我心想。就在这时，我听到欧歌鸲在一根树枝上唱歌，就飞到了他身边。这个家伙一脸冷漠地看着我。

“原谅我好吗？”我向他提议道，“我刚才实在太没礼貌了，真诚地向你道歉……我保证这回绝不开口乱讲！除了……除了吃早餐时我才会张开嘴巴，嘿嘿。”我试着开个玩笑。

“我叫佛里克。”欧歌鸲说道。

“我叫哈迪。”

“你要是饿了的话，树皮下面有许多好吃的虫子。”佛里克对我说道。

我立刻飞了过去，美美地大吃了一顿。

“好啦，我们现在是朋友了吧？”佛里克问道。

“我和你……当然是朋友啦！不过，我想问问你，城市里究竟发生了什么呀？”我问道。

“鸟儿们焦虑极了，因为他们对即将到来的冬天充满了恐惧。这些又饿又冷的家伙们为了一小块领地斗得你死我活，只不过是为了能够在即将到来的严寒中找一条生路。为了不饿死在树林中，许多鸟儿都搬进了城市。可是这样一来，却又吸引了许多老鹰在塔楼中筑巢。绿鹦鹉变得越来越多，他们占领了城堡城墙上的洞穴，那曾经是鸽子们的家——而现在，鸽子们被赶出了自己的家园。鹦鹉们住在一起，却总是争吵个没完没了。”

“这些故事，我的松鼠朋友已经说过了。”

“新来客、老住户，这么多种不同的鸟儿生活在一起，还是头一次呢！他们在城市中一起生活，制造出一大堆麻烦。对于大家来说，这将会是一个无比难熬的冬天。你呢，准备好了吗？”

“什么准备好了吗？”

“在城市里过冬呀！”

“这是我第一次在城市里过冬呢！”

“对你来说，这确实不是一件容易的事情。”佛里克说道。

“好的！你的教导，我铭记在心！”我回答道，试着让气氛变得轻松一些。

可佛里克还是一副忧心忡忡的样子，脸上一丝笑容都没有。“我可没心情耍贫嘴。”他对我说道。

第二十二章

告别了佛里克，我开始在花园附近闲逛。一只鹦鹉擦着我的嘴巴尖飞了过去。

“喂！小心点儿，看着你眼前的路！”

我的话还没说完，身后又有一只鹦鹉飞了过来，差一点儿就撞到我了。这两只鹦鹉你追我赶，一眨眼就不见了。

“留神点儿，别丢了你们的小命儿！”我大声喊道，宣泄自己的愤怒和恐惧。这时，我转了个身，好好侦察周围的环境，以确定没人再撞上来。“在这座城市里，从来没有过片刻的宁静！”我大声抗议道。

“以后宁静的时刻会越来越少的！”

“你又知道些什么呀？”

“我知道啊，我当然知道！这又不是我在这里度过的第一个冬天！”一只白脖子的欧斑鸠一动不动地站在木桩上，花园里晾衣服的绳子紧紧地绷在他脚下的木桩上。“你是今年出生的，对吗？”欧斑鸠抖了抖羽毛。

“你怎么看出来的呀？”我问道。

“因为只有小年轻才会天天傻乐和！”

“为什么呀？生活在城市里会失去快乐吗？”

“你不会懂的，你还太年轻。曾几何时，田野上还有燕子在飞舞，现在只有白鹭跟在拖拉机后面；曾几何时，海鸥生活在海岸边上，如今他们在城市的上空盘旋，只因为人们会在这里卸下货物；曾几何时，这里有数不胜数的麻雀，因为污染，如今他们难觅行踪，只剩下了生命力顽强的喜鹊。几年前，鹦鹉们搬进了城市。气候不断变化，如此多不同种类的鸟儿们生活在一个地方，想要和平相处，那几乎是不可能的，尤其是每只鸟儿都有不同的行为习惯。食物日益缺乏，压力却在不断增长。”

“我和鹦鹉们有过几次不愉快的碰面……”说完，我便向欧斑鸠道别，并感谢他为我提供了这

些消息。

“没错，就像你说的那样，在城市中生活，真是片刻宁静都没有！”尼洛说。

“不过现在呢，亲爱的朋友们，我想要给你们讲一个笑话。你们还记得德奥吧，当我还是一个宝宝的时候，那只总是想偷袭我家的玳瑁猫。没错，他还继续在花园里打转。因为吃了太多的杏仁饼干、鸡肉奶油冻和鱼肉，它胖了不少，就连跳上一楼的阳台都十分吃力了。”

“喂，德奥！你在干吗呢？睡着了吗？”一天，我冲着这只猫喊道，语气里充满了嘲讽。

德奥用阴险的目光打量着我，蜷缩在大门前的垫子上。他睁着一只眼，闭着一只眼，不知道有没有用心听我说话。

“喂！你这只大懒猫！”我一边说着，一边在他面前飞来飞去，想要引起这个家伙的注意，“该起来做运动啦！你现在不爬树了，对吗？我看得出来，你已经变成一个大胖子啦！”

德奥伸了个懒腰，又缩成了一团，还是睁一只眼闭一只眼的老样子。

“跟你的女主人说一声，该给她的猫咪减减肥啦！让她拿着扫把追你，你就知道该怎么跑啦！否则的话，过不了多久，你都跳不出自己的影子啦！”

我想为自己报仇，不停地挑衅德奥，在他的面前飞来飞去，越来越低……

喊了半天话，在猫咪面前挑衅了这么久，我感到了一丝疲倦。德奥从垫子上坐起身来，慢悠悠地打了个哈欠。“喂，大！肥！猫！”我又喊了一声。

突然，德奥像弹簧般跳了起来，长长的趾甲擦过我的尾巴，我惊恐地腾空而起。只要再晚一秒钟，我就会成为猫爪间的美味。

“用自己的生命去冒险，实在是太傻啦！你这样可是要吃大亏的。”佛里克说道。刚刚那一幕，他全都看在眼里。

“我只是想试探一下这只猫而已。”我回答道。此刻，我站在松树最高的枝头上，这里安全极了。“他该减肥啦，我这个热心肠只是想帮他做做运动。”我微笑着说道，小心脏却还在狂跳个不停。

佛里克用责怪的目光望着我，摇了摇头：“说实话，惹急了猫咪，他可是会去追你的！你这个小傻瓜。”

“我才不怕猫呢！”我说道，事实上，我刚才差点儿吓破胆。

“我学会了两件事情：即使是大肥猫，也能跳得高，跑得快；还有就是，跟欧歌鸫们聊天的时候，大可不必全说实话。

第二十三章

“不管是为了好玩，还是因为你纯粹傻得冒烟儿，都不应该那样做！你是在向生命开玩笑吗？这种方式简直傻到家了！”尼洛说道。

“是的，说实话，你讲得很有道理，我那个时候就是想试着去挑战一下大肥猫……就在我刚刚逃出德奥的魔爪时，又遇到了另一个危险。我打了个寒战，这种冰冷的感觉实在是太熟悉了。我朝高处望去，就在那里，抓走弟弟的那只老鹰正在天空中翱翔。搜寻了一大圈后，他朝着我猛扑过来。”

“真的吗？”尼洛问道。

“他从天而降，快得像一阵风，准备把我做成美味的鸟肉丸子。”

“那你该怎么办呀？”

“你想知道我是怎样从老鹰的魔爪中逃生的吗？我背对着这个该死的家伙，感觉他正朝我急速逼近，还有短短几米，我就要被他抓住啦！‘喂，朋友！我在这儿呢！’说完，我一个闪身，突然冲到了右边，紧接着又转向左边。在田野上，我见过兔子是怎样呈‘之’字形奔跑的，他把狗和猎人都搞得晕头转向。我也有样学样，老鹰不会急刹车，直直地冲了过去，而我则躲进了灌木丛中。就这样，老鹰那次的‘捕燕雀计划’宣告失败啦！

“‘喂！你的刹车器坏了吗？’我大肆嘲笑老鹰。”

“你实在是太坏了！”尼洛一边摇头一边说道。

“事实上，我当时真是吓坏了！得抓紧时间逃命呀，先是转向左，紧接着又转向右，就在这时，老鹰又准备来抓我了。”

“到底最后怎么样了呀？”尼洛问道。

我继续呈“之”字形飞行，直到老鹰精疲力竭，他已经被我的飞行路线彻底搞糊涂了。而我调转方向的时候，心里可冷静得很呢，说时迟那时快，我钻进了大树的树洞里。在这场追逐战中，我也累了个半死。“这日子没法过了！”我气喘吁吁地想着，“总是被人家当成猎物！”

就这样等啊等，在起飞之前，我小心翼翼地环顾四周。尽管周围一片寂静，可我还是感到十分不安。

“老鹰已经走啦！”一个声音说道。

“我能信任你吗？”我问道。

“哎呀，你随便啦！反正你在树洞里过一辈子，也和我无关啊。”

“你是谁啊？”我问道。那是一只优雅的小鸟，披着黄色和蓝色的羽毛。

“我是一只大山雀。你是今年才出生的，对吗？”那个声音打趣地问道。

“那么，我该怎么办呢？我可以相信你吗？”我探出脑袋，小心地问道。

“如果我站在这里，你就可以知道危险已经解除啦。我看到了你奇怪的飞行路线，当时我就决定一定要认识你。”

“为了生存下去，人们总得开动脑筋呀！老鹰、红鸢、雀鹰、红隼、普通鵟……这些可爱的捕食者从来都不迁徙吗？就没人想要去海边度个假吗？”

大山雀大笑起来，示意我跟着他走。

“你要带我去哪里啊？”

大山雀飞翔的姿势简直太搞笑了，飞着飞着突然就笔直地坠下去了，然后一拍翅膀，又慢悠悠地飞了起来。没飞多远，他又坠了下去，拍了一下翅膀，又升了起来，像是波浪般不断前进。

我们来到一座广场，那里矗立着巨大的雕像，周围停了许多小汽车。突然，我停了下来。

“我就知道不能信任任何人！”我一边大喊着，一边迅速后退。

“你要去哪儿啊？”大山雀笑着喊道。

“在那个女人的头盔上有一只老鹰！”

“没错，那里是有一只老鹰，不过是青铜做的！”大山雀说道，“人类把这座巨大的雕像称为密涅瓦[①]，她是一位女神。不信你瞧！”

① 密涅瓦是罗马神话中的智慧、战争、月亮和记忆女神，也是手工业者、学生、艺术家的保护神。

“你这是在干什么呀？！”

大山雀停在了老鹰的头上。

“赶快下来，太危险啦！”我大喊道。

“没事儿的，你也过来试试啊，快来啊。”他回答道，脸上一直挂着大大的笑容。

我在空中兜了几个圈子，然后慢慢地靠近大山雀。老鹰依旧一动不动——它真的是青铜做的！

“在森林里，我见过用稻草填充的老鹰标本。”我落在大山雀旁边，对他说道，“不过那一次，我可没敢落到他的头上去。”

映衬着落日的余晖，从高处俯瞰整座城市，真是美极啦。空气清新凉爽，恼人的交通噪音绝对传不到这么高的地方来。

“我叫哈迪。”

“我叫法拉。”

“现在我们是朋友了吗？”

“是呀，我们当然是朋友啦，你真是太可爱啦！”大山雀说道。

“你也很可爱呢。”

“记住，我就住在附近。当你需要帮忙的时候，只要来青铜老鹰这里唱支歌，我就会赶来。你是个唱歌小能手，对吗？”

“这我可不知道，你自己听听看吧！”在法拉仰慕的目光下，我高兴地唱起歌来，别提有多么自豪啦。这是我第一次为别人歌唱，唱得如此动人。这种感觉真的很棒呢，让我感到自己是如此重要。

“你唱得可真棒！当你为我歌唱时，我就会赶来。朋友嘛，就是要互相帮助，尤其是在冬天即将来临的时候。”

“谢谢，我会尽快来找你的。”我回答道。天气变得糟糕，巨大的乌云预示着一场暴雨即将来临。

法拉拍拍翅膀，飞走了。

就在那时，我的内心深处燃起一腔怒火：那么多次，我从猎食者的魔爪中死里逃生。于是，我想到了一个主意——在青铜老鹰的脑袋上拉一泡屎！为着这个小小的报复，我满意地大笑起来。

第二十四章

但我不是唯一一个为此感到开心的人。

“啊哈哈哈！”

这刺耳的笑声听起来可真晦气啊！

“你做到了，不是吗？”一只鹦鹉说道。又是他，哈克姆，这个坏蛋似乎一直在跟踪我。

“你又想干吗？快走开！”我说道。

“我看到你了，也听到你唱歌了。你——不许待在这里！”

“你不是这里的主人，城市也是我的。我想飞到哪里，就飞

到哪里！”

“你挺起小胸脯，为大山雀歌唱，这我管不着。不过，我绝不允许你在我的领地上四处乱飞！你就别做梦了！现在，立刻给我消失！”

“少在这儿给我耍威风，你的跟班现在可不在身边！”

“就凭你，还想吓倒我？你不过是一只燕雀罢了，就你这小身板儿，我打你这样的两个不在话下！”

“亲爱的尼洛，这一次，我体内的‘燕雀人格’马上就要失控啦！我实在受不了这个家伙的傲慢和自大。我，决定向鹦鹉哈克姆发起挑战。”

“让我一个人静静，我不想和你吵架，但如果你还是搞不清楚状况的话，我随时可以给你上一课，绝对叫你永生难忘！”

听了我的回答，鹦鹉狂笑起来，他鼓起胸脯上的羽毛，朝我猛扑过来。正当我们准备大战一场的时候，突然一声惊雷炸响，瓢泼大雨从天而降，我们不得不分头飞走，寻找躲雨的地方。

“这件事还没完呢，我们走着瞧！”哈克姆对我喊道。

“你真是太幸运了，要是真打起来了，还不知道该怎么脱身呢……”尼洛责备哈迪。

“没错，我也松了一口气。说时迟，那时快，豆大的雨滴从空中狠狠砸向地面，要不是我立刻飞到屋檐下避雨，肯定会被浇个透心凉！啊不，我肯定会被淹死！”

“你呀，讲起故事来总是这么夸大其词……”尼洛笑着说道。

“真的，我一点儿也没夸张！雨下得那么大，积水都漫到大街上啦！直到第一束阳光照亮了天空，我抖去身上的雨水，晒干了羽毛。该回家啦！在接下来的日子里会发生什么事情呢？你肯定猜都猜不到！现在我们得暂停一下，我饿坏啦，该把肚子填饱了！来点儿下午茶，怎么样？”

“说走就走！”米安说道。

第二十五章

在附近的灌木丛里大吃了一顿甜美多汁的浆果后，两位朋友回到了鸟巢里。哈迪继续讲故事。

在回家的路上，我看到一只浑身湿透的鸟儿，垂头丧气地站在树梢上。那不是一只小麻雀，而是一只燕雀。我开心地向她飞去，心里却还是有些犹豫——认识自己的同类当然是件好事，但我这样是不是有点儿莽撞呢。

“你好吗？”

当她抬起头……我简直不敢相信自己的眼睛。

“阿米娜？”我惊呼道。

“你是谁啊？”

“你不记得我了吗？我是哈迪呀！”

“哈迪？”

“在森林里，在那场暴风雨中，我帮你打开了鸟笼的门，让你重获自由……”

“啊，没错！对不起，我没认出你来。”

“我也是才认出你呢！”

阿米娜披着一身凌乱的羽毛，看起来就像一个可爱的小毛球。

“见到你真是太好啦！”我说。

“我也是。”她回答道。刚说完，阿米娜就打了个喷嚏，她抖了抖羽毛，然后溅了我一身水。

“哎哟，快和我说说你过得怎么样？”

阿米娜笑了：“你怎么跑到这儿来啦？”

“那你呢？你怎么跑到这儿来啦？”

“都是雷阵雨的错。我根本找不到可以藏身的树洞。”

“我看出来了，也……感受到了。”

阿米娜又打了个喷嚏：“真对不住，让你又洗了个澡……我觉得自己要生病了，浑身上下一点儿力气也没有。要是不赶紧把羽毛弄干，就麻烦啦。”

“很好！”我说，“或许咱们可以出去转转……”

“你想让我去哪儿呀？披着一身湿乎乎的羽毛，我可飞不动。虽然只有这一点点阳光，还是让我取取暖吧。或许，你可以挪个地方，别把太阳挡住了……”

我赶紧走开，让阳光照着阿米娜。即使浑身湿透了，她依旧那么美丽。“我很快就回来，你在这里等一下，好吗？”

“没问题。早就跟你说过了，这种情况下我也飞不了。”

在雷雨来临之际，我发现一位可爱的老婆婆在窗台上撒了很多面包屑，用来投喂在附近打转的欧斑鸠。希望那里还能剩下点吃的……事实上，还真剩下不少呢！我津津有味地大吃了一顿。

我发自内心地感谢老婆婆的慷慨大方，还给阿米娜带回了一点儿“小心意”。

“太谢谢你啦！”她说道。

“上次在森林里发生的事情……我觉得很遗憾。你就那样飞走了……”

“可我后来回去找过你，我真的很想感谢你！可是却再也没见过你的踪影。我想，或许你被埋在那些金属板下面了！只要一想到你……你……呜呜呜……你可能已经遭遇了……不幸，我真是痛苦极了……”

“真的吗？你回去找过我？我一直以为你早就不告而别了呢！”

能够再次见到阿米娜，我实在是太开心啦！我想鼓起双翼，我想展翅飞翔，我想高声歌唱！和她在一起，我觉得好幸福呀！在这稀薄的阳光下，我意识到，冬天已经悄悄来临。于是我又来来回回飞了两三趟，给她带回了许多面包屑。在飞行的过程中，我感受到一种巨大的幸福。

“现在，你来到了城市里，我们又见面了。那么……就永远不要分开了，好不好？”我说道。

“我觉得这个主意很棒。”阿米娜又打了个喷嚏。

我们一起开心地大笑起来。

“就这样，你和阿米娜重逢啦！”尼洛高兴极了。

“快告诉我们接下来发生了什么故事吧！”

“才不要，一个好的故事，就是要等你们一点点去发掘。”

“谁知道你还有多少故事要讲！”米安说道。

“你们很好奇，对吗？明天，我就把所有的故事都讲给你们听！”哈迪说道。让两位朋友愉快地度过了几个小时的孵蛋时光，哈迪觉得十分满意。

在月亮的清辉下，在非洲天空的点点星光下，三个好朋友静静地进入了梦乡。幸福的尼洛做了个美梦：在一个伟大的日子，她成了一位母亲。

第二十六章

第二天一大早，米安就为尼洛准备了一份美味的早餐，还问了半天鸟蛋的变化。用过餐后，尼洛出去飞了一大圈，好好舒展了一下自己的筋骨。一回到鸟巢里，她就求着哈迪继续讲昨天的故事。

能够再次见到阿米娜，我真的好开心，于是便开始放声高歌。

“现在春天还没到呢！”阿米娜笑着对我说道。

唱歌是因为我高兴呀，管它是秋天还是春天呢，统统不重要。

“我们走吧！”当阿米娜感觉羽毛干了以后，她对我说道。

这是我第一次和别的鸟儿并肩飞行。而此刻，飞在我身边的是阿米娜，真是太幸福了。我开心极了，一边飞行，一边歌唱。掠过树冠，我们朝城市的塔楼飞去。在电线杆上稍做停留，我们向下滑翔，朝着梧桐树和柿子树飞去——柿子树上结满了黄澄澄的果子，看起来美味又多汁。我们笑着，追逐嬉戏着。天色向晚，即使天气已经开始变冷，可我觉得像是春天一样。因为和阿米娜在一起飞行，实在是太幸福了。

“我们这是要去哪儿呀？”在休息的时候，阿米娜问我。

“对呀，我们要去哪儿呢？这一点儿都不重要！在城市里四处兜风吧！”我一边回答，一边在空中盘旋，像是一只乘风而起的风筝。

“我们得找个落脚的地方呀。”阿米娜担心地说道。“不过，你真的没有家吗？连个睡觉的地方都没有吗？”我问她。

“没有。这个故事说来话长。”阿米娜叹了口气，回答道，“我来到城市里寻找自己的家园，可是前有喜鹊，后有鹦鹉，他们强行霸占了我的树。”

“我们必须做些什么。否则是无法在城市里生活下去的。你想来我的花园里看看吗？我们在那里还是挺安全的，至少先过了今夜吧。要是我们足够幸运的话，还能在窗台上找到一些面包屑呢！”

“我觉得这是个不错的主意。”

我在空中盘旋翻转，上上下下，围着阿米娜转个不停。在她的陪伴下，前往我的花园。看着我在空中舞蹈，她开怀大笑。我的快乐，也是她的快乐。连我自己都感到惊奇：在她面前，我变成了一个“舞林高手”，我也想象不到，在不远的未来，会发生什么故事。

“哈迪，你坠入爱河啦！”尼洛开玩笑道。

哈迪笑了："没错，我不得不承认，我真的很喜欢和阿米娜一起飞行。不过，我现在有点儿口渴啦……我们去喝点儿水吧，你觉得怎么样？"

"我一句话都没说，也觉得口渴了呢。这里真是太热啦，我们走吧！"米安说完，准备拍拍翅膀起飞。

"喂，你们两个！我可以让你们去喝水，但是哈迪不许在路上讲故事啊！回来以后才可以讲！"

"没问题！我们马上就回来，你就安心等着吧。"哈迪向尼洛保证。

第二十七章

米安和哈迪在湖边静静地喝水，然后返回鸟巢。

"好啦，我们讲到哪里啦……啊，没错，当我和阿米娜回到花园里，我简直不敢相信自己的眼睛——我的家被两只鹦鹉占领了。"

"喂，这是我的家！"我抗议道。

"谁说的呀？"一只鹦鹉回答道，他正不紧不慢地梳理着自己的羽毛。

"我说的！这就是我的家！我就是在这个花园里出生的！"

“好吧，那么从现在起，这里归我们了！”

“休想！你们这些傲慢的恶棍！”

“那你觉得我们能怎么办呢？我们也是被人家赶出来的呀，我们的家、我们的城堡，也被别人霸占了。现在好不容易才找到这个地方过夜，我们是不会离开的！”

我已经气炸了。

“千万别冲动。”就在这时，佛里克突然出现了，“你可不要和鹦鹉们动手。”

“你现在是和我作对吗？天快要黑了，我的家却被别人霸占了。”我说道，“过不了多久，可怕的寒冬就要来了！”

“他们今天下午才到这儿。乌泱泱的鹦鹉遮天蔽日，绝不是被反常的雷阵雨赶到这里来的。城堡里一定发生了什么事情。紧接着，鸽子、麻雀、乌鸫全都来了……他们一定是在躲避什么可怕的东西。”佛里克说。

“那现在怎么办呢？我们要在哪儿过夜呢？”阿米娜问道。

我根本不知道该怎么办。面对阿米娜，我羞愧极了：我答应过要给她一个安全的家，可是却……

“现在我们去找哈克姆，我要问问他到底是怎么回事，走！”我胸脯上的羽毛膨胀起来，准备起飞。

在霸凌和不公面前，我那自负好战的燕雀之魂被唤醒了。

“别被愤怒冲昏了头脑，你现在要冷静。”佛里克说道，他比我理智多了。

“你是拦不住我的。”我坚定地回答道。阿米娜盯着我，眼睛里满是诧异和畏惧。我要照顾她，我要保护她！在我心中，一种自豪感油然而生。

“去暖和的地方过夜才是明智之举，你们跟我来。有一个地方只有我知道。”

佛里克真的很热心，他心里也很清楚，对我们来说，按照他的话去做才是最好的。

在瓦片下面，有一个小洞，看起来就像是为我和阿米娜量身打造的。

“地方不大，但是今晚在这儿过一夜足够了。”佛里克说，“这里离烟囱很近，房子的主人已经燃起了壁炉。你们闻到木头燃烧的香气了吗？”

“谢谢你，佛里克。”阿米娜说道。

“现在，你们好好休息一下吧。长夜漫漫，寒风刺骨，天气变了，很快就会下雪。”

“你说……下雪？这是什么意思啊？”

“是的，我之前也没想到，你们这么快就能见到雪啦！雪是一种神奇的东西，它能给你的心灵带来无穷的喜悦，但是……也会给你的生活带来无尽的困难。对每个人来说都是如此。”

看得出来，阿米娜也对雪充满了向往。她缩成一小团：“这里真舒服。”

“你饿不饿？”

阿米娜没说话，眼睛都快睁不开了。

“明天早上见吧。”佛里克向我们道别，“然后我们一起去看看城堡里到底发生了什么事情。”

“拜拜啦，佛里克，我们明天见！谢谢你为我们做的一切！”

小窝里暖烘烘的，真舒服呀，阿米娜很快就进入了梦乡。看着她，我想起了爱丽——那个在高速路广场上认识的独腿“芭蕾舞演员”。没人帮她，也没人保护她。

第二十八章

米安叹了口气。听着哈迪的故事，他变得心潮澎湃，用力地拍打着自己的翅膀。

“我也从来都没见过雪呢。”尼洛说道，“雪长什么样子啊？”

“待会儿我就告诉你，我们还是按顺序讲故事吧。”

“就像我之前告诉你们的，天气变得越来越糟，佛里克说得很对。早上醒来，阿米娜就在我身边。我开心得想要放声高歌，当然，我的肚子也饿得快要唱歌了！”

“你总是这样，哈迪。”尼洛笑着说道，“满脑子都是吃吃吃。”

“天气变得越来越冷，当然得多吃点儿啦！”

尼洛笑了起来，哈迪继续讲他的故事。

欧歌鸲佛里克来了，他停在一根树枝上。

“冷死啦！”还没来得及和佛里克打招呼，我的嘴巴里就先蹦出了这句话。

“这还不算什么呢，等过几天下雪的时候你再看看，希望到时候不要结冰啦。天气总是变化莫测的，这不，冬天到啦。不过反常的并不是已经降临的寒冬，而是这个格外漫长温暖的秋天。”

“昨天的雨水就已经冰凉刺骨啦！”阿米娜说道。

“我们该去城堡啦。我要会会鹦鹉的首领哈克姆，我们之间还有账没算完呢！”

“你千万别被怒火冲昏了头脑，也不要被仇恨蒙蔽了双眼。”佛里克又对我说了一遍，“否则你就变得和它们一样了。”

“放心，我不会的。那些鹦鹉都是目空一切的自大狂，我想要的只是公平！”

佛里克看着我，眼里闪过一丝怀疑，阿米娜则是一脸担心。

我们在城市上空飞行，朝着城堡进发。阿米娜和佛里克都在我身边。在市中心的街道上，汽车排出的尾气让天气变得不那么寒冷，不过这些烟雾有时也会让人感到窒息。阳台和街道上都装饰着不停闪烁的小彩灯。这座城市张灯结彩，充满了节日的氛围，真是让人心情舒畅呀。马路被车辆堵得水泄不通，我们在天空中只遇到了几只乌鸫和麻雀，他们慌慌张张地逃走了。

“一定发生了什么奇怪的事情。”佛里克说道。

天空阴沉沉的，似乎预示着什么不好的事情。我们飞到城堡附近，停在了一株梧桐树上。这里悬挂着几片干巴巴的叶子，正好可以把我们隐蔽起来。

“太安静了。”佛里克说，“这里绝对有问题。”

只有两只鹦鹉和几只鸽子躲在城堡围墙的小洞里。

“会发生什么事情呢？”

第二十九章

“你和哈克姆打起来了吗？”米安问道。

“我环顾四周，忽然听到一个沙哑的嗓音，充满了挑衅的意味。”

“我敢打赌，这绝对是哈克姆！”米安说道。

“没错，就是他。我看到那个家伙了，他身后还跟着两个一脸杀气的‘打手’。”

“喂，你们！在这里干什么？”

“我找的就是你！”我一边说着，一边鼓起了胸部的羽毛。

阿米娜害怕极了。在三只鹦鹉的映衬下，佛里克看起来更弱小了。

“要是我当时在现场的话，绝对能给你帮上忙！”米安忽地一下站了起来，用力拍打着翅膀，展示自己的力量。

“可惜呀，米安！可惜你当时不在。不得不承认，面对这群大个子，我心里也有点儿发怵……”

“发生什么事了？”尼洛问道。

我英勇地直面这群无赖，并向他们发表了一场干净利落的演说："我是来寻求正义的。有两只鹦鹉——也就是你们的同类霸占了我的家。而你，哈克姆，和你的同类一样狂妄自大、蛮横无理！你们占领了树林、街道，还有城市里的居民住宅区。你们妄想统治一切，却忽略了一个事实：在这个世界上，还有其他动物想要安安静静地生活下去！你们不能再这样下去了！"

我正在气头上，准备和这些绿色的丑八怪大吵一架，哈克姆突然后退了一步。看到他越是害怕，我就嚷嚷得越大声。哈克姆一直盯着我。

"一场大雨就能把你吓跑，现在你也不敢面对我吧？你怕我，对吗？我就知道！"我一边说着，一边鼓起了胸前的羽毛。我自豪极了，感觉自己充满了力量。

"我才不信呢！"米安说。

"你可千万别告诉我，鹦鹉怕你？"尼洛作震惊状。

"你该不会是在撒谎吧？"

哈克姆似乎并不想和我们起冲突，他的那副样子，和我前几天遇到他的时候不太一样。他仍旧是一副严肃独断的样子，看起来像是一位真正的领导，可脸上

却挂着一种奇怪的表情，仿佛灵魂受到了重创。唯一的解释就是：面对我的抗议，他屈服了。否则的话，只要他们轻轻一撞，我就会从树枝上飞出去。

“你别那么蛮横无理呀。”阿米娜央求我，“我觉得现在不是吵架的时候，我们还是赶紧走吧。”

“让我们听听鹦鹉们怎么说。”佛里克说道。

“我也不想和你打架，因为我比你强大多了。”哈克姆说道。

“那你就展示给我看啊！”说完，我鼓起胸脯上的羽毛，奋力一跳，在空中张开翅膀，占据了高度的优势。

看到我这样厚颜无耻的举动，阿米娜和佛里克无奈地摇了摇头。

“我很欣赏你的勇气，但我不想跟你吵架。昨天发生了一件很可怕的事情。”

我们三个都惊呆了：谁都没想到，他会说出这么一句话。

“发生什么了？”佛里克问道。

“城堡的看门人设下一张大网，我的许多同伴都被捉住了。”哈克姆沮丧地说，“除了鹦鹉，鸽子、麻雀、乌鸫、老鹰、猫头鹰、雕鸮……所有在城堡附近飞行的鸟儿，都被那张大网捉住了。为了吓跑我们，守门人还放出一群喜鹊和乌鸦。雷阵雨过后，这些家伙发动攻击：他们大肆劫掠，无恶不作，破坏了我们的鸟巢，毁掉了我们的生活。而可恶的人类，在这场大雨之后，把我们掉在草坪上的鸟巢当成足球踢来踢去，笑得可开心了！”

“为什么呀？”阿米娜问道。

“人类要开始‘大清洗’了！现在还有乌鸦和喜鹊在附近飞呢，你们没看到吗？”

乌鸦“哇哇”的叫声飘进耳朵里，在阴云低垂的天空下，在古老的城堡附近，到处都是这些黑色的鸟儿。

“我知道，保卫家园真的是太不容易了。只有人类才会做出这种无耻的事情。”佛里克忧心忡忡地说道。

“真是太可怕了。”阿米娜叹了口气，“你所说的被网子缠住，被困在鸟笼里……我太了解这种感受了。”

“鸟笼实在太小了，不过那里的伙食还挺不错的！”我说。

“现在不是开玩笑的时候。”阿米娜责怪我。

“看来，人类比鹦鹉还蛮不讲理，一心想着让我们屈服认输！”佛里克说道。

第三十章

我无法预知不久之后那里将会发生什么，但是突然之间，我不生鹦鹉们的气了。

“在那群被捉住的鸟儿当中，有我的妻子，还有我的孩子们——他们都是今年春天才刚刚出生的呀。”哈克姆说道。他望了一眼大门紧锁的城堡，眼神里满是悲伤。

“我们必须做些什么。”佛里克说。

“我们也有自己的事情要忙呢。”我回答道，“咱们走吧。”我不再生哈克姆的气了，可我还没准备好，不知道能为他做些什么。

阿米娜忧虑地看了我一眼，她也在为哈克姆一家的命运担忧。

“我们并不是坏人，我们也要捍卫领土，保护自己的家人和孩子。”哈克姆的声音是如此严肃。

“是的，但当你们做这些事情的时候，实在太傲慢了。”我抗议道。

“我们的本性并不坏。每个人都要尽最大的努力去保护自己的家园和家人。”哈克姆说道，“当你保卫花园的时候，不也是这样吗？”

“但是每一个人都应该用正确的方式和他人相处呀！不要高

高在上，也不要盛气凌人。我们应该和睦相处，彼此尊重。”佛里克说道，“在一起生活并不容易。”

他继续说道：“各种各样的动物，有不同的性格和生活方式，这个问题我们以后再谈。当务之急是要救出被困在城堡里的朋友们。”

一股冷风吹了过来。

“光凭我们自己是做不到的。”哈克姆说。另外两只鹦鹉也是一脸绝望。

“我们回家吧。”我说。

“把他们孤零零地丢在这里吗？”佛里克低声说道。

“不然呢？当你需要帮助时，你觉得他们会伸出援手吗？”

“可我们不能抛下他们不管呀！”佛里克怯怯地说道。

“我们可以啊，谁说不可以！快离开这里吧！”我说道。

哈克姆鼓起胸脯上的羽毛，倔强地说道：“不用你们帮忙，我们可以自己搞定，总能想出办法的。”

第三十一章

“我不同意你们这样做！”尼洛抗议道。

“为什么呢？”

“你们这样做是不对的，应该帮他们一把！”米安补充道。

“说起来容易，可我从来都没经历过那么寒冷的冬天。我应该把阿米娜照顾好，她看起来比我还遭罪呢！与此同时，我真的很害怕再被捉进笼子里去……所以，实话跟你们说吧：我根本没准备好。”

尼洛和米安陷入了沉默。

“可你们确实应该帮帮那些鹦鹉呀！”尼洛站了起来，重新发出抗议。她拍了拍翅膀，换米安来孵蛋。

“我的故事还没说完呢！”

回到屋檐下，回到温暖的窝里，回到我们的“小洞”里，我和阿米娜美美地大吃了一顿。房子的女主人可爱极了：她时不时掀开窗帘，把鼻尖贴在玻璃窗上偷看我们，直到呼出的热气让玻璃变得模糊不清，才恋恋不舍地离去。我和阿米娜站在远处的树枝上等着，当窗帘回到原位，我们才开开心心地去吃东西。吃饱喝足后，阿米娜异常的沉默，迟迟不肯入睡。

“怎么啦？”我问她。

“我在想那些鹦鹉，在想哈克姆。他的家人都被关进笼子里了……”

“可我们什么都做不了呀。”我说。

“你怎么能这么说……”

“他们根本不需要我们的帮助呀！”我反驳道。

“哈迪，你不能这样说呀！你没看到哈克姆脸上的表情吗？”

“那你换位思考一下，如果咱们遇到了这样的事情，那群鹦鹉会来帮忙吗？”

“这个我不知道，但有一件事情，我已经决定了，明天我们就去城堡那里，找到哈克姆，想办法帮助他！”

“你快别说傻话了！我们怎么才能进入城堡里呢？就算进去了，又该怎么出来呢？这根本不可能！简直是疯了！”我说。

“要是我被关在城堡里了呢？你就什么都不做，也不去救我吗？你上次不就把我救出来了吗？”

“那是你啊！你和他们又不一样！”

“怎么不一样？他们也被困在笼子里了啊！他们也面临着巨大的困难，需要我们的帮助！”

我真不知道该说什么了。一股冷风吹过，我想到了哈克姆，他一定很焦急、很痛苦。

我知道被困在笼子里是什么滋味，他一定在为家人的安危担心……我缩成一团，朝阿米娜挤了挤，想要更暖和一点儿，可我的心怎么也静不下来，更别提睡觉了。

第三十二章

第二天早上，阿米娜叫醒了我。浓雾笼罩着整座城市，天气变得更加寒冷。

“早上好。”阿米娜笑着说。

“这会是美好的一天吗？”

阿米娜点了点头，我也跟着点了点头，心想：“在阿米娜身边醒来，就已经很美好啦！”

“你真的想要我们去城堡那里吗？”

“是的，如果你不愿意去的话，我也可以叫上佛里克。我和他一起去。”阿米娜回答道。

“我们不能就这样过去呀，实在太冒险啦！必须制订一个计划。”我抗议道，“佛里克不会跟我们一起过去的，他还要照顾自己的家人，就让他待在家里吧。”

“那你打算怎么办呢？”

“我有一个朋友，他或许愿意帮忙。他是一只松鼠，名叫法里斯。”

阿米娜笑了：“一只松鼠？”

“没错，他曾经在城堡中生活过，没准儿能帮得上忙！”

“那我们还等什么呀？赶紧去找他呀！”

我们出发去找法里斯。这会儿，他没准正在花园里的橡树上跳来跳去，忙着采坚果呢！

“法里斯！”我喊道。

“你好呀，哈迪！我看到啦，你找到了一位新朋友！”法里斯愉快地说道，从树洞里探出了他的小脑袋。

“她叫阿米娜。”

“欢迎欢迎，阿米娜。哈迪，能再次见到你，我真是太开心啦。光临寒舍，有何指教呀？该不会是为了鹦鹉的事情吧？”他说道。

“没错。”我把前几天发生的事情统统告诉了法里斯。

“我就知道，这种事情迟早会发生的。”法里斯评论道，“我太了解城堡的守门人了。他最讨厌小动物了，生怕它们弄脏了城堡，甚至都不允许鸟儿们停在庭院的树上！幸亏我跑得快，不然肯定会成为那管猎枪下的亡魂！要不是我有先见之明提前跑路，肯定会发生什么不可挽回的事情……”从法里斯的语调中，我能听出他对那次逃亡依旧心有余悸。“不过城堡倒真是个好地方。”

“你得帮帮我们呀。”

“帮你们什么呢？”

“帮我们救出那些鹦鹉，还有被困在城堡里的其他鸟儿！”

法里斯大笑起来：“那是不可能的！”

“我们以为你一定会帮忙的。”

阿米娜的眼神里充满了忧伤。

“你以为城堡是想进就能进，想出就能出的吗？就算有办法，我也不会离开我的家人的，他们需要我！对不住啦！”法里斯消失在洞口。

“现在我们该怎么办呢？”

法里斯的小脑袋重新出现在洞口：“有一个办法，或许可以一试。飞过东边的城墙，有一座边楼，那里有用来储存打理花园的工具的仓库。我很确定，那里面有许多大鸟笼。”

“那我们怎么才能进去呢？”

法里斯把关于守门人的一切全都告诉了我们，包括他的习惯和经常走的路线。

“那个家伙是个坏蛋，是个仇恨小动物的变态。你们千万要小心。有一天晚上，我看到他朝城堡的拱廊上扔捕鸟网，想要捉住房顶上的鸽子。他经常放出喜鹊和乌鸦去驱赶其他鸟儿。他总是这么干，之后又会对他的‘雇佣兵’大发雷霆，还放枪吓唬他们呢！他还喜欢四处设陷阱，在城堡里的庭院中飞行是非常危险的，尤其是现在这个季节，一定要格外当心，因为没有树叶可以掩护你们的行踪……不过……”法里斯还没说完。

“不过什么？”

“你们确定要去那里吗？”

“当然啦，为什么这么问？”我问道。

“如果那些鸟儿已经被人带走卖掉了呢？你们这是在拿生命做无谓的冒险呀！”

虽然从鸟儿们被抓到现在，只过去了短短两天时间。但是话说回来，我们也不能确定他们是否还在城堡里。

第三十三章

“你们一定要去城堡里吗？”法里斯从树洞里露出半个脑袋，无奈地看着我们。

“你的家人才是最重要的。我俩能搞定，你就放心吧！”我向他保证。

“希望很快就能再次见到你们。”法里斯向我们道别。

“真的很危险吗？”阿米娜边飞边问。

“是的，肯定会很危险……你确定吗，我们要不惜一切代价来帮助那些鹦鹉，甚至可以为了他们牺牲自己的生命？”不得不承认，我心里疑惑极了，害怕极了。

“如果我们被关在笼子里，也会满怀希望地相信，会有人来救我们出去吧！哈迪，你明白吗？我们这样做，就是为了给他们一点点希望呀！”

阿米娜说的好像很有道理，可我却不知该如何回答，只能保持沉默。

我们穿过被浓雾浸透的城市。“这让我想到了过去。那时我还是个宝宝，待在鸟巢里，望着天空，梦想着能飞到云朵里面去。”因为寒冷，我的嘴巴不停地颤抖着，“而现在看来，我倒不觉得这是一件多么特别的事情了。”

“在大雾里飞行是很危险的，随时有可能撞上大楼，我们也看不到电线。”阿米娜担心地说。

终于，我们抵达了城堡。我和阿米娜站在熟悉的梧桐树上，勉强能看到围墙，但喜鹊和乌鸦那恐怖的叫声却能清晰地传进耳朵里，在浓雾的掩护下，他们仿佛正在隐身飞行。

“我们该怎么办呢？什么都看不见，这附近也没有鹦鹉，我们还是回家吧。”我低声说道。

“都到这个时候了，我们怎么能回去呢……”

“那我自己过去吧，你留在这里！”我果断地说道。

“我才不要待在这里！我能照顾好自己，你就放心好了。那一天，在森林里，你把‘自由’这个礼物送给了我，现在我要把这份大礼送给别人。”

“可我们谁都不知道这件事会有怎样的结局。”我担心地说道。

“我不在乎，这是我必须做的事情。”

“我真没想到雌燕雀竟然这么固执。”

“我也没想到雄燕雀会这么懦弱！”

“我才不害怕！”我鼓起勇气，用嘴巴靠近阿米娜的嘴巴，大声说，“我只是担心你，明白吗？我们走！”

第三十四章

“阿米娜和你一起去了吗？”尼洛问。

“好一个大胆泼辣的燕雀小妹，太有个性了！”米安感叹道。

“故事还没讲完呢！”

我们静静地在浓雾中飞行。在这座大庭院中我们沿着房檐飞了一会儿，想要辨别方向，找到落脚的地方。

“这是在白白兜圈子呀，我们到底该怎么办呀？”飞着飞着，阿米娜问我。

“我也不知道。”

“可是你之前不是跟我说，咱们要制订一个计划吗？”

我哼了一声算是回答，然后继续在庭院里兜圈子。我们停在烟囱旁边，想要取取暖。

该怎么办呢？我心里一点儿谱也没有。

突然，庭院的大门被人撞开，紧接着就是一声枪响，一阵狂笑穿过大雾：“该死的畜生，你们过来呀，到我这儿来呀！让我用子弹欢迎你们！”

“看起来守门人好像不太欢迎陌生人。”

“或许他今天早上心情不太好。”我试着安抚阿米娜。

耳边传来“呱呱”的叫声，我立刻听了出来：“哎呀，这不是我们的朋友哈克姆吗？这就是他的声音！等等，守门人的子弹没伤到他吧？”

“我们快去看看！”阿米娜说。

“如果守门人也对我们开枪的话……”可我说什么也没用了，阿米娜像闪电一般冲了过去。“等等我呀！”

我们叫住了哈克姆，他和一位朋友飞了过来，停在我们身边。

“喂，你的尾巴被烧着了吗？”我说。

“只差一点点，我的小命就玩完了！你们快走吧，这里太危险了！”他惊魂未定地说道。

“我们是来帮助你的呀！”

“我们也要离开了！”哈克姆回答道。他已经被吓破胆了。

“那好吧。”我转过头，对阿米娜说，“那我们也走吧。”

“我们应该按照法里斯说的那样去做！”阿米娜抗议道。

哈克姆的脸色很难看。我侧耳聆听，守门人好像在给猎枪上膛——只听“砰”的一声，子弹擦着我们的头顶飞了过去。

“或许我们真该撤了。”我说。在大雾的掩护下，我们飞走了，径直朝着城堡的另一边出发。

第三十五章

我们躲在树冠里。

“我们永远也进不去了。”哈克姆说道。

“只要一现身，敲敲城堡的大门，守门人一定会用子弹欢迎我们的到来！”

哈克姆张开一只血淋淋的翅膀。

“哎呀，你受伤了！”阿米娜害怕地说道。

“是的，子弹把我擦伤了，流了点血。”哈克姆说。

“很疼吗？”

“火辣辣的疼。”哈克姆回答道，“现在还能忍，但是飞行的时候就受不了了。”

“我很抱歉。”

“注意啦！你们快看那边！”阿米娜说。

“或许这就是法里斯说的那个仓库！”

“法里斯是谁？”哈克姆问道。

“一只松鼠，他是我的朋友。法里斯曾经生活在这座庭院的树林里，他很熟悉守门人的生活习惯。他告诉我们，或许守门人把鸟儿们关在放工具的仓库里。”

“我们去瞧瞧吧。”阿米娜说道。

从仓库的大窗子望进去，可以看到几个大鸟笼。

“你们看！”哈克姆说，“好几个鸟笼呢！”

守门人把这几天在城堡附近抓到的鸟儿全都关在这里。他把两只猫头鹰和一只红隼同其他鸟儿隔离开来。

哈克姆激动得都快说不出话了：“那是我的老婆，那是我的孩子们！”

“他们还看不到我们呢！”阿米娜说。

“重要的是我们能看到他们！”

“我们该怎么办呀？”哈克姆问道。看到自己的家人被关在笼子里，他痛苦极了，恨不得立刻把他们救出来。可怜的鹦鹉小囚犯伤心极了，一动不动地趴在笼子里。其他鸟儿则神经质地跳来跳去，无数种哀鸣，发出的却是同一种呐喊：“救命呀！”

“大家全都被关在笼子里，真是太惨了。”我一边说，一边指着一只受伤的麻雀，他拍打着翅膀，拼命用身体撞击铁栏杆，想要逃出去。

“他一定被吓坏了。”

“我们必须赶紧想个办法，否则在这样的情况下，大家都得死，谁知道里面有多冷呢。”

“你有主意了吗？”阿米娜问我。

“我只想到了一个办法：从烟囱的入口进去。”我干脆利落地说道，眼下也没有其他法子了。

“从烟囱的入口进去？”哈克姆惊呆了。

“是的。佛里克曾见过几只麻雀从烟囱里飞出来。仓库的烟囱应该有一个很宽的入口，如果麻雀们能飞出来，我们为什么不能进去呢？烟囱下面没有烧火，我们完全可以下去，绝对没有问题！”

“那是不可能的，谁能从烟囱里飞下去呢？我们当中没有人能做到。”

“你说得对。佛里克给我们的建议是：自由落体，张开双翼，这样可以减缓下落的速度，当我们快要到达地面时，再用力一拍翅膀，就直接能飞起来啦。”阿米娜说。

“事实上，这是不可能做到的。”我回答道。

“你要像红隼那样飞行，展开翅膀，保持不动，任由自己一点点向下坠落。”

“还有一个问题。”我说。

“什么问题？”阿米娜问。

“我只是一只燕雀，不是红隼。”我勉强挤出笑容。

哈克姆抬起受伤的翅膀，变得更加悲伤：“没有希望了。”透过窗子，他望向笼子里的鸟儿们：“大家都会死的。”

阿米娜严肃地看着我。

“你就打算待在这里，什么都不干？”

“我们只能从烟囱下去，冒着被撞伤和疼痛的危险！”我抗议道，“这可不是开玩笑的！”

阿米娜还是没有放弃。看着哈克姆痛苦的眼神和阿米娜忧伤的面庞，听着笼中鸟儿的悲鸣，我很清楚，必须拿出勇气来解决面前的困境了。

第三十六章

我深吸一口气，准备飞到烟囱的入口，眼一闭就跳下去。就在这时，佛里克突然出现了。

“你来这里做什么？”我问他。

“我猜你们就在这里！当我听到枪声的时候，就知道你们一定遇到麻烦了。如果大家的性命都危在旦夕，那么每一个人都应该出一份力。”佛里克说。

阿米娜笑了：“那你的家人呢？”

“保护你们，也就是保护他们，保护我们的未来和希望。你不这么想吗？”

佛里克的到来让每个人都精神一振，但是，已经飞到烟囱入口的我还是要跳下去。

“我要怎样才能出来呢？”

“这个嘛……进去已经非常危险了，但出来应该会更复杂。”

“我也不知道，没准等我进去了，就能想到主意了吧。”

“我也去。”佛里克说，“有人做伴会好一些。”

“你确定吗？”

“当然啦！不可以吗？难道钻烟囱还有什么要求不成？”

大家全都笑了起来，把自己的恐惧偷偷藏在笑容背后。用生命去冒险，这，才是事情的真相。

第三十七章

哪怕仅仅是往那个黑洞洞的“嘴巴”里看一眼，都需要莫大的勇气。它仿佛一个无底洞，又像沥青一样黑，一股令人作呕的煤烟味儿直蹿上来。这个时候，就连阿米娜也沉默了。佛里克有些担忧：“从这儿跳下去似乎不太可能，我觉得这事有点儿疯狂。”

“带着受伤的翅膀，我没办法从烟囱里脱身。”哈克姆说道，他看起来既绝望又痛苦。

“至少烟囱里没有火。”佛里克说。

“怎么，你想跳到熊熊燃烧的火堆上去吗？”我对佛里克说道。

“现在我们该做什么呢？”佛里克又问了一遍。

阿米娜望着我。

“只用做一件事：跳下去！”我说，“我下去了！”我朝黑漆漆的烟囱入口飞去，停留了片刻，像红隼那样拍了拍翅膀，然后保持不动，屏住呼吸，自由落体开始啦！阿米娜尖叫了一声，哈克姆向后跳了一步。

“真勇敢！”哈克姆喊道。

“既然哈迪已经下去了，那我也去啦！”佛里克说完也跳进了烟囱。

我仿佛跌进了永无尽头的黑暗之中，心脏疯狂地跳动着，短短几秒犹如永恒。我屏住呼吸，不想闻到那股臭味。一堆柔软的灰烬终止了我的“飞行”。

当我睁开眼睛的时候，第一个念头就是“我还活着！”。我的好运依旧常伴身边！

我咳了几声，费力地拍拍翅膀，想要飞走，却掀起了一阵阵黑色的烟云。

紧接着，在一片寂静中，我感到所有鸟儿的目光都锁定在我身上，一动不动。

“早上好呀，你们好吗？”我一边说着，一边抖下身上的灰尘。

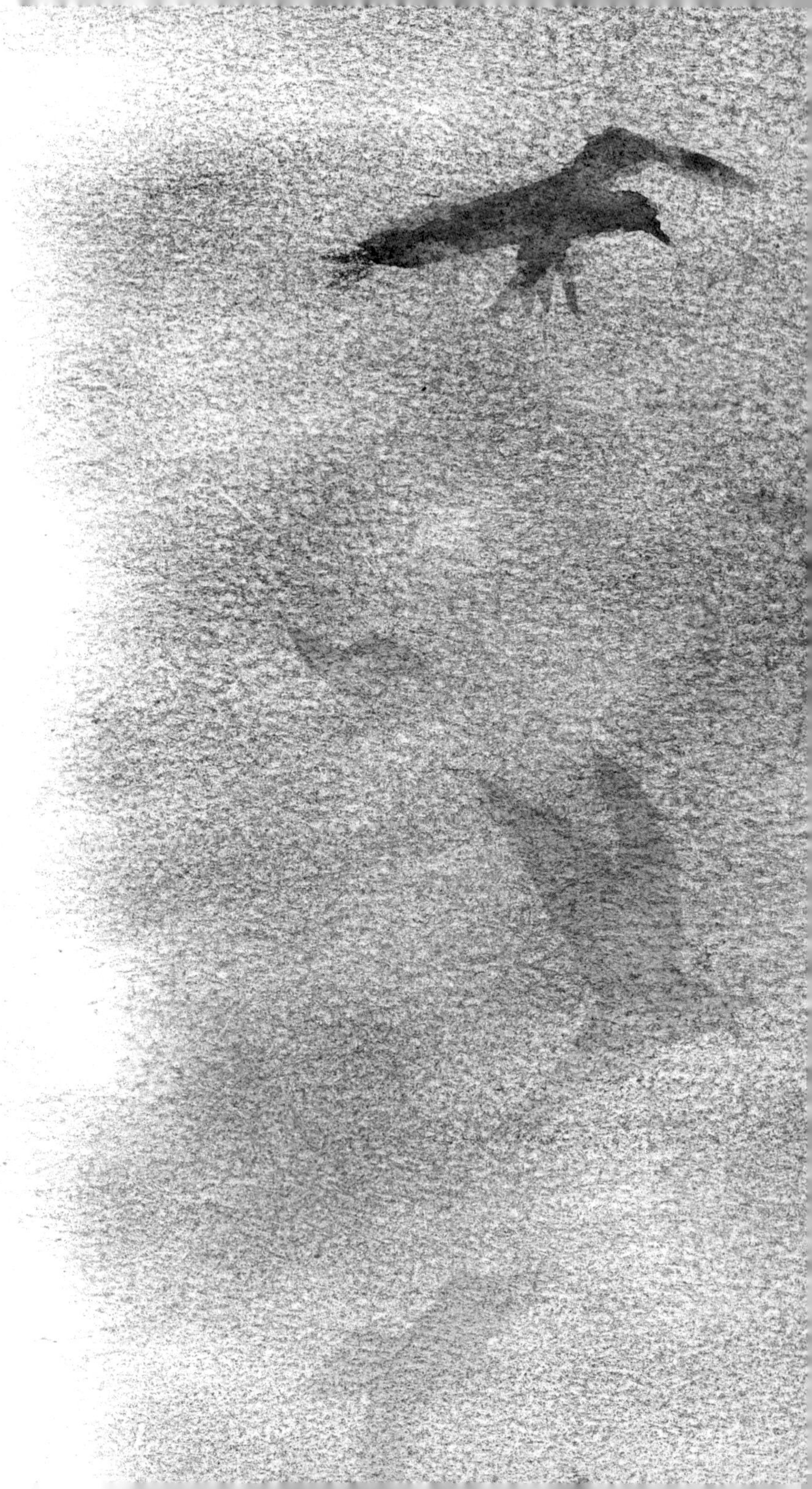

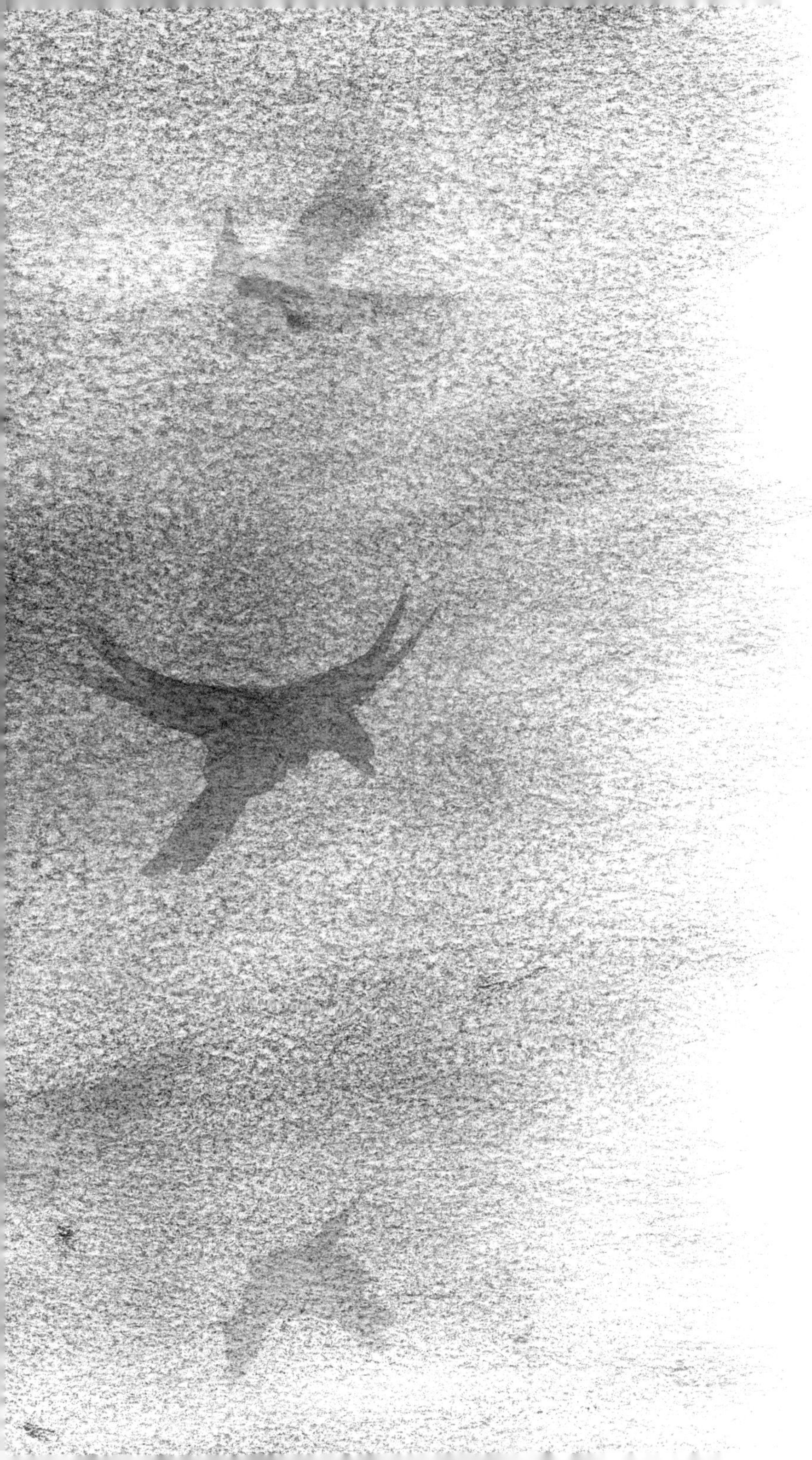

没有鸟儿回答。因为在我身后，传来了“扑通”一声闷响，仿佛一个鸡蛋掉进了面粉堆里。

我看到佛里克也被淹没在了烟云当中。

我忍不住放声大笑起来：“喂，佛里克，你都不知道要刹车的吗？”

佛里克摇摇晃晃地走了出来，他抖了抖沾在身上的灰烬，像是一位从魔法云朵中走出来的黑衣巫师。

“没时间让你浪费啦！”他说道，“我们快过去吧，哈迪。”

一身红毛的佛里克变得全身漆黑，当他飞行的时候，身后留下了一条轻烟铺成的“小路”，像是一块火炭从空中飞过。

“哈迪？”一个熟悉的声音喊道。

“法拉？”

“你也在这儿！”我一边说着，一边朝下面飞去。我的朋友大山雀正和他的小伙伴一起扑扇着翅膀呢！

“真可惜呀……”

“别担心，我是来救你们的！”我骄傲地说道。

“别废话了，赶紧过去吧！”佛里克责备我。

“你怎么跑到这里来的啊？”

“跟着那只和你吵架的鹦鹉，我想要告诉他，之前他说的什么‘以一敌二’根本就是吹牛皮！可他飞得比我快多了，我一直跟着他来到城堡附近，结果就被网子捉住了。”

“开门呀，求求你们啦！快把笼子打开呀！”

笼中鸟儿的呼声震耳欲聋，我们的出现鼓舞了大家，他们拍打着翅膀，对着铁栏杆一通乱撞，为了自由不懈地斗争着。

“要是我们不赶紧打开笼子，大家会受伤的！”佛里克害怕地对我说道。

“快开门！快开门！”鸟儿们大叫着，“放我们出去！”

“我们来啦！放心吧！”

“你要是能少聊几句，咱们就能早点儿把大家救出来。”佛里克责怪我。

“你们是怎么找到这里的？”一只鹦鹉问道。我认出她是哈克姆的妻子。

“哈克姆带我们来到这里，就是他派我们下来的。”

“他还好吗？”哈克姆的妻子问道，她连说话的力气都快没了。

“好得很！我这就把你们救出来，等着瞧吧！”

突然，我看到窗外的阿米娜和哈克姆像疯了一样跳个不停。

“瞧瞧啊，他们激动极了，正在跟我们打招呼呢！”我对佛里克说。

“在我看来，他们倒像是害怕极了，因为……有人朝这里走过来了！”

阿米娜和哈克姆突然不见了。

“救救我们呀！”

我和佛里克试着拔掉鸟笼的门闩，可它们实在插得太紧啦，用嘴巴根本拔不出来啊！

“哎呀，比想象中难多了！”

与此同时，这些关在笼子里的朋友们变得更加焦躁不安，喊声也越来越大，我都听不清佛里克说了些什么。

“从下往上顶门闩试试！”他喊道。这招管用！门闩弹了起来，第一个鸟笼的门打开了！鸟儿们终于重获自由啦，他们在空中翩翩起舞。

就在这时，我听到钥匙在仓库大门的锁眼中转动的声音。

“我们赶快去那里！”我冲着另一个鸟笼说道。费了好大的力气，我们打开了第二个笼子，又放出了一批鸟儿。

乌鸫和麻雀围着我们舞蹈，向我们致谢。

“现在我们该怎么办？把红隼和猫头鹰也放了吗？”我讽刺地说。

“当然了！”佛里克严肃地回答。

“我可没开玩笑！这个主意真不怎么样，他们在笼子里关了两天，现在正饿得发慌呢！”我说道。

“但他们也是鸟类大家族的一员，也向往自由！”佛里克说道。

“希望他们也会仁慈地对待我！”我大声说道。

我们救出了红隼和猫头鹰。鸟儿们在空中舞蹈，宛如花园中

盛大的聚会。他们自由而又幸福地飞翔着。

“没什么值得庆祝的。”佛里克对我说，“我们只不过是换了一个更大的笼子罢了。”

就在狂欢即将进入高潮的时候，仓库的一扇大门打开了……

第三十八章

只有我和佛里克发现有人进来了。当守门人打开大门时，所有的鸟儿都朝他俯冲过去，急切地想要离开。

“该死的畜生，你们是怎么从笼子里出来的？”

他跌坐在地上，惊慌失措地用手捂住脸，被巨大的“乌云”淹没了。

“让我给你们露一手！”猫头鹰对我们说道。他从屋顶下的一根房梁起飞，张开双翼，朝守门人扑了过去。瞧啊，他滑翔的速度是那么快，爪子一伸，就扯下了守门人的假发。守门人那光秃锃亮的脑袋活像一颗大鸡蛋。猫头鹰继续飞行，爪子里像是抓着一个稻草做的鸟窝。可怜的守门人双手捂着光秃秃的脑袋，绝望地哭嚎起来。

无数只鹦鹉、麻雀、乌鸫、白领翡翠、欧歌鸲、大山雀将城市灰色的天空染得五彩缤纷。

第三十九章

哈克姆终于和他的老婆、孩子团聚啦！他们相互问候，不停地跳来跳去，飞上飞下，庆祝着重逢。

在城堡周围，每一棵树上都传来充满喜悦的鸟鸣，仿佛春天已经来临。

阿米娜担心极了，因为她一直没有看到我。

“哎呀，哈迪呢？他去哪儿啦？还有佛里克呢？”她问哈克姆。

“我没看到他们出来呀。”

“哈迪，哈迪！佛里克，哈迪！”阿米娜绝望地呼唤着。她飞到仓库门口，可这里早就变得空荡荡的。她转了一圈，呼唤着我的名字，又回到哈克姆面前。这时，鹦鹉夫妇看到两只乌漆墨黑的鸟儿……

“你们看到哈迪和佛里克了吗？”阿米娜焦急地问道。

“我们就是呀！”我和佛里克异口同声地回答。

“可是……可我之前从没见过你俩啊……哎呀，你们怎么变得这么黑啦？”

“都怪那些煤灰！我们得去温暖的喷泉里好好洗个澡才行！”

“原来如此！”哈克姆笑着说道。

一片绿色的“鹦鹉云”笼罩在梧桐树的上空，鹦鹉们的数量是如此之多，树木仿佛一夜回春，全都变成了绿色。猫头鹰和红隼在枝头庆祝，每只鸟儿都满心欢喜地向我们打招呼。

我想到了妈妈和爸爸，他们一定会为我做的这一切感到骄傲的。

“我们真不知道该如何感谢你们。”哈克姆说道，“你们拯救了整个鹦鹉家族，还有许多生活在这里的其他鸟儿。”

“在我看来，最重要的是每只鸟儿都能和谐共处。今天不就已经证明了吗？只要大家互相帮助，即使是不同种类的鸟儿，也能生活在一起。”佛里克说道。

我在森林中学习到的那课又一次得到了证实：与人分享快乐，幸福便会加倍；更重要的是，我们要一起分担痛苦。

“全身漆黑的你看起来也很帅，优雅得很呢！像是一只酷酷的乌鸫！”阿米娜拿我开玩笑，所有鸟儿都大笑起来。在城市的天空下，一切又恢复了平静。

我变成了一个大英雄，骄傲地在空中飞行，连猫头鹰和红隼都对我毕恭毕敬。我要把这件大事永远珍藏在心里！

我和阿米娜回到了屋檐下的小窝，那是我们的家。就在那天夜里，我们第一次看到了从空中飘落的雪花。起初雪花缓缓落下，后来渐渐变得密集，仿佛无数白色的面包屑从天而降，盖住了屋顶、草地、街道和城市的路灯。

欣赏着这令人赞叹的一切，难忘的一天，就这样画上了句号。

CP. 42

第四十章

哈迪的故事，一讲就是好几个礼拜。在这棵丑陋却庄严的半枯老树上，鸟巢里的蛋也孵了很久很久。

“那阿米娜呢？自从我认识你起，她就没和你在一起呀！”尼洛突然说道，“发生什么事了？”

“哦，我的阿米娜……”哈迪叹了口气，“有一天，发生了这样一件事……算了，我还是改天再跟你们讲吧！”哈迪说，然后他又叹了口气。

“我真为你骄傲！这个故事真是太棒啦！”尼洛说道。

“在大草原上可不是这样，那些秃鹫横行霸道、肆意妄为。公平？根本就不存在！”米安生气地说道，他的心里满是怒火和怨恨。

“要学着去接受和理解所有事情，否则的话没人会觉得公平。”哈迪说道。

“哎呀！”尼洛突然喊道。她的双腿颤抖着，小心翼翼地站起身，一张尖尖的小嘴啄破了蛋壳。

“我觉得……你要当妈妈啦！”哈迪说。

“哎呀，米安，你看！你要当爸爸啦！一个小生命诞生啦！”尼洛用嘴巴轻轻地碰了碰鸟蛋，一张黑色的小嘴巴从蛋壳里伸了出来——这是尼洛和米安的第一个宝宝。“欢迎你。”尼洛说，“我是你的妈妈。”

米安幸福地扇动着翅膀，哈迪唱起歌来，尼洛全心全意地照顾着她的宝宝。我们的鹳鸟朋友当妈妈啦，另一个全新的奇妙故事即将开始……